珠玉

彩瀬まる

双葉文庫

珠玉

1

気がつくと、いつも二人で海のそばを歩いている。

昼間の熱を吸った地面はもやもやと暑苦しいが、首筋を抜ける風は涼しい。刻々と暗くなっていく海と空の境目を、西日があんず色に染めている。空の端には、針でぷつんと突いたような白い星。顔を向けるたび、一つ二つと数を増やしていく。

汗ばんだてのひらをぺたんと重ね、指を絡ませた少女の名を、真砂《まさご》リズという。私の祖母だ。横顔が、若い。頬の辺りからさやさやと涼しい光がこぼれている。肘だったり、二の腕だったり、時々触れる肌はなめらかで、生の花のように冷たい。

「きれいなものが見たいなあ」

リズは放り出すように言う。

「一目で頭がおかしくなるくらい、きれいなもの。そういうものをずっと追いかけていたい。そうじゃなきゃ、なんのために生きてるのかわかんなくなる」

私はリズをまじまじと見返した。リズはとてもきれいな顔をしている。ただ整っているというだけでなく、光沢のあるみずみずしい目も、慎ましくとがった鼻も、ぷくんとふくれた赤い唇も、一ミリもここから動かせないと思うような奇跡的なバランスで配置されている。あまりにきれいで、人間じゃないみたい。神様が作り、特別な使命を与えて地上に遣わした人形のよう。リズを見ているだけで私の胸はときめき、うるおい、喜びと同じだけ、不安になる。

そんな彼女がきれいなものを求めるのは当たり前のようで、どこか残酷なことのようにも感じられた。きれいなもの同士が愛し合う、釣り合いのとれた美しい世界。きっとそこに、私の居場所はない。

「……あなたよりきれいなものが、そうあるとは思えないけど」

「ばかじゃないの」

あっさりと言ってリズは鼻を鳴らした。

「つまらないことを言うと、きらいになるから」

ごめんなさい、と口の中で呟き、私は黒い海へと目線を逃した。リズはこちらをちらりとも見ずに夜風を切って歩いていく。つないだ手が引っ張られる。さみどり色のノースリーブのワンピースから、真っ白い肩が剝き出しになっている。怒っていても、やっぱりきれい。暮れていく世界で輝いている。私は陶然と、彼女の背中を眺め続けた。

「おばあさまとの思い出で、印象に残っているものってありますか？」

歯切れの良い呼びかけに、日暮れの海が遠ざかる。

ひな壇の正面の低い位置にある出演者向けのディスプレイには、歌を終えたリズが恭しく頭を下げる姿が映されている。さみどり色のワンピースを着て、手にはクリーム色のアコースティックギターを抱えている。四十七年前の歌番組の映像だ。歌われたのは彼女のデビュー曲であり、代表曲でもある『凪の海で』。海風と陸風が止まる夕暮れのほんの一時だけ、好きな人に一緒にいて欲しいと願う切ない歌だ。曲の間に感じたさわやかな潮の香りがまだ鼻先を漂っている。私はまばたきをして、品の良いロングドレスを着た女性アナウンサーに顔を向けた。

「……あ、えっと」

質問を聞き逃してしまい、ぎこちない沈黙が降りる。アナウンサーの微笑みがわずかに傾く。しまった、収録中だ。

「す、すみません、つい聴き入っちゃって」

情けなく声が揺れ、ひな壇に座る他の出演者から生温かい笑いが起こった。

「歩《あゆむ》さぁん」

「しっかり！　頑張って！」

「この人、アーティストですから。やっぱり集中力がね、僕らとは違うんですよ」

茶化すような物言いでかばわれて、ますます申し訳なさに肩がすぼまる。すると、アナウンサーの女性が場を立て直すように、先ほどよりもはっきりとした声で続けた。

「ご親族の方でも、やっぱり聴き惚れてしまいますか」

「はい」

ここで、なにか気の利いたことが言えたらいいのに。場を盛り上げて、失敗を挽回して、さすが真砂リズの孫だと思ってもらえるような、ほんの些細な一言を。いくら思っても私の口は最低限の二文字を吐き出したきり、糊付けしたように動かなくなる。

「お聴き頂いた『凪の海で』は真砂リズさんの代表曲ですが、歩さんはなにかこの曲に関する思い出などありますか？　歩さんご自身のお話でも、リズさんのお話でも」

私の話でも、とは言われているけれど、この場で求められているのは確実にリズの話だ。アナウンサーの背後に設置された番組のメインディスプレイには「愛の歌姫・真砂リズ没後十五年メモリアルコンサート」のロゴが映されている。

「そうですね……。『凪の海で』は海辺の歌じゃないですか。きれいな海を眺めながら、好きな人を待つ女の子の視点で歌われていて」

「はい」

「でも、祖母は」

あの頃は海なんて一度も行ったことなかったわ、と笑っていた。あれはいつだっただろう。前髪に赤いメッシュを入れていたから、もうだいぶ晩年のはずだ。子供の頃から働き詰めで、海水浴にも連れて行ってもらえなかったし。だから、歌詞を渡されたときにはマネージャーの財部《たからべ》さんに、海ってそんなにいいもんなの？って聞いたの。財部さん、目をまん丸くして困ってたなあ。

幼い私は、そんなかわいらしいことを言う祖母が好きでたまらなかった。だからとっさに、その時の彼女の笑顔が頭に浮かんだ。

けど、これは言ってもいいことなのだろうか。

勢いよく動きかけた舌が、鈍る。また不自然に沈黙が生じ、アナウンサーの女性は能面のような笑顔で私を見つめた。

「祖母は……デビューの頃はほとんど海に行けなかったって言っていました。その、あまりに忙しくて」

「ああ、そうですよね。当時は年に百回以上のコンサートやイベントをこなされてましたから」

当たり障りのない、平たい相づちを返される。私が当たり障りのないことを言ったのだから当たり前だ。つまらないことを、と微笑んだ目に刺されている気がする。

「そういえば俺も夏の帝王なんて言われてますけどね、夏は仕事が忙しすぎてビーチなんてほとんど行けないの。この日焼けもコンサートのために、春から一生懸命日サロに通ってるんですよ」

後ろの列に座っていた男性歌手が口を挟み、一瞬で場が温まった。一体感のある笑いの中、しんと光るカメラの焦点がそれていく。私は楽しくてたまらないといった風に強く頬をつり上げ、口の端からそっと息を吐き出した。


二時間の生放送が終わり、テレビ局のあるお台場から代々木の事務所に帰り着いたのは零時前だった。

入り口の扉の磨りガラスに光が灯っている。息苦しさに胸を押さえ、あまり音を立てないよう慎重にノブを回す。詩音《しおん》は自分のデスクに座ってパソコンを開いていた。周りにはいくつかの段ボール箱が見える。マグカップやペン立て、好きなアイドルのカレンダーなど、カラフルな小物がたくさん置かれていた彼女のデスクは片付けられ、青白い光を放つ共用のノートパソコンだけがぽつんと置かれていた。

「本当は顔も見ないまま行こうと思ってたんだけど」

そう言って、詩音はこちらを振り向いた。葡萄キャンディみたいな紫がかったピンクトパーズと、小粒の真珠を組み合わせた大ぶりのドロップタイプのイヤリングが、腰まで届くまっすぐな黒髪から茶目っ気たっぷりに顔を覗かせている。あ、いいな、とまず思う。新作だろうか。かわいいし、少し癖もあって、コーディネイトの主役にぴったりだ。彼女が着ている白いコットンのワンピースにもよく合っている。手足が長い痩せ型で、切れ長の涼しい目が印象的な詩音は、どんなアイテムもエレガントに着こなすことが出来る。私たちのブランド『no where』のジュエリーデザイナーであり、唯一のモデルでもある。

新作のイヤリングはとってもチャーミングなのに、詩音はちっとも笑っていなかった。私を睨みつけたまま、指先で軽くパソコンを示す。ディスプレイの中央では、ライトグレーのトップスに紺のロングスカートを合わせ、若草色のチェコガラスを用いた存在感のあるネックレスをつけた詩音が、微笑みながらこちらを見つめている。『no where』のトップページだ。

「どうしても聞いてみたくなって」

「……なに」

「番組の間、なに考えてたの？」

「なにって、おばあちゃんのこと」

「なんで？」

「え、だって、そういう番組でしょう？」

「ふうん」

詩音はぎゅっと顔をしかめ、ゆっくりと首を左右に振った。

「ねえ、なにしに行ったの？　うちの宣伝に行ったんじゃないの？　アナウンサーの人がたくさんふってくれたのに、なんでなんにもしゃべんないの？　あんたがブランド持ってるって初めのテロップでは流れたけど、それだけじゃない。こういう気持ちで服を作ってるとか、なんだったらリズとの思い出話と絡めたっていい、いくらでも上手いやり方はあったでしょう。……たった三件だよ。あんたが二時間の特番で一番いい席に座ってぼけーっとしている間に、うちのホームページに来た注文の数。ねえ、もう一回言うよ。あんた、なにしに行ったの」

そこまで言って、詩音は体をしぼませるほど深いため息を吐いた。

「すごいね、テレビって不思議だね。そこに映ってる人間がなに考えてるか、ぜんぜんわからなくなるものね」

「詩音……」

「私、もう行くね。荷物は明日業者が取りに来るからそのまま渡してちょうだい。ああ、私の写真はすぐに消してね。アクセサリーの在庫も引き上げるから」

きびきびとした動作で、詩音は一度もこちらを振り返らずに帰り支度をした。いや、帰り支度ではなく、ここを去る支度だ。

彼女はもう戻らない。

一ヶ月にわたる苦しい苦しいせめぎ合いの、ここが終着点だ。詩音は私を捨てる。

床に置かれた段ボール箱のふたを閉じ、送り状に住所を書き込んで、最後に詩音は私を振り返った。

数秒立ち尽くし、突然ワンピースの裾をまくり上げる。体つきの割にむっちりと張った太もも、レースに縁取られた深緑のショーツ、シルクのスリップと、ショーツと同色の、小振りの胸を支えるブラジャーが順番に現れ、体温で甘くなったブルガリの香りがこちらまで漂ってきた。下着姿の詩音は慣れた手つきで脱いだ服を畳み、パソコンの隣に置いた。

「これも返す。もう着たくない……こんなダサい服、本当は一秒だって着たくなかった」

それまでは涼風をまとったような清楚系だったのに布を一枚脱ぎ捨てただけで、彼女は生々しく湿った肉を持つ女になった。蝶みたいだ。濡れた羽を重たげに引きずる蝶の、脱皮。

「またぼーっとしてる」

違う、蝶ではない、これは詩音だ。ちゃんと話さなきゃ。でも、なにを？　詩音は目を細め、うっすらと微笑んだ。

「最後までそうなのね。笑える」

こつこつとハイヒールのかかとを鳴らし、下着姿の詩音はそのまま裸の肩にバッグを提げて事務所を出て行った。

　私は詩音が座っていたデスクにつき、パソコンのマウスに手を被せた。ディスプレイにはホームページの他に、動画を再生するアプリケーションが開かれていた。画面下に表示されたアイコンをクリックすると、詩音が録画したのだろうテレビ番組が流れ出した。

　なにを考えているのかわからない不思議な顔をした私が、斜めに傾いた硬い姿勢で、アナウンサーの問いかけにとんちんかんな答えを返している。腫れぼったい小さな目、鼻の穴が目立つ大きな鼻、えらの張った四角い輪郭。隣に座る女性アイドルの倍は横幅がありそうな、むくんだ重たい体。リズや詩音とは違う星に住んでいる人間みたいだ。そこではきっと違うものを食べ、違う言葉でしゃべり、人生に対する考え方も違っている。

　じっと自分の姿を見ているうちに画面が切り替わり、時代を感じる丸文字のテロップとともに『凪の海で』が流れ出した。ステージの中央、デビューから間もない十九歳のリズは輝くように美しい。大きくつぶらな彼女の瞳は、世間から黒真珠と称えられたらしい。見る人の心を一瞬でつかみとる鮮やかな珠玉。

　歌が始まり、私はまた、少女と日暮れの海辺を歩き出す。

＊

またなつかしい潮騒が聞こえてきた。

ああ、私の宝物。

「あ、キシ起きて！　またあなたのお姫様が歌い出したよ。キシのために歌ってるんだ。起きて、ちゃんと聞いてあげて！」

すぐそばでキンキンと喧しい声がする。眼が開いたばかりの若く愚かなカリンは、まだ分別というものを持ち得ていない。それどころか過去や未来といった時間の流れすら、まだ彼女の中には築かれていないようだ。彼女が見るのは現在だけ。そして私が反応しない限り、空腹な赤ん坊のようにわめき続けることをやめない。私は仕方なく、ひんやりとしたぬばたまの闇にとろけていた意識を揺すり起こした。

「うるさいぞ。もっと静かにしゃべりなさい。あと、見た瞬間に思いつきで話すのではなく、見たものがなんなのか、本当に見た通りの物事なのか、よく考えてからしゃべるよう言っただろう」

「言ったよ！　キシそう言った！」

「よーしいいこだ。それではもう一回、なにが起こっているのかよく見て、よく考えてごらん」

短い沈黙のあと、カリンはわっとはち切れそうな勢いで叫んだ。

「キシのお姫様が歌ってる！　きれい！　だいすき！　こっちに向かって笑ってる！」

「違う、あれはパソコンだ。いや、テレビだと何十回説明させる気だ！」

「てれび？」

「あれが映すのは幻だ。本物じゃない。晴れた日には水平線に蜃気楼が立つだろう。あれと同じで、そこに行ってもなんにもないんだ」

「しんきろ……」

「そうか、お前は海を見たことがないんだったな……ああ、嘆かわしい。南海の皇帝と称えられた私が、こんな紛い物の相手をしているなんて……」

「まがいもの知ってる！　カリンのこと！」

「うるさい！」

「お姫様、きれいだねえ」

うっとりとした声でカリンが言う。私は仕方なく、歩の肩越しに見えるパソコンのディスプレイに目をやった。

スポットライトを浴びながら、さみどり色のワンピースを着たリズがのびのびと声を張り上げている。雪解けの小川のように涼やかな歌声がとめどなくあふれ、音が届くすべての空間に清らかな気配を広げていく。

「これだって、お前と同じ紛い物だ」

うんざりと呟く。だけど本当にうんざりするのは、紛い物だと知っていながら焦がれて止まない、未練たらしい私自身だ。

「まがいものなの？」

「実際の彼女の歌声はこんなものではなかった。もっと神々しく、恐ろしさすら感じるものだった。テレビが映すのは、なにもかも矮小化された偽物だ」

「わっしょい」

「小さくまとめられた、という意味だ」

「うん、てれびに入るとみんなちっちゃくなっちゃうね。さっきの歩もちっちゃかった」

「発言自体は間違っていないが、お前は物理的な大きさの話をしていそうだな……まあ、あいつはいつも通りにぼんくらっぷりを晒しただけだろう。見ろ、今だって、仕事の相方が出て行ったっていうのに、追いもせずパソコンの前で寝こけている」

「あ、キシがてれびに入ってる！　キシ！　おーい！」

カリンは人の話をまるで聞かずに、思いついたことを次から次へと言い散らす。話せば話すほど苛立つが、哀れに思う気持ちもある。

大海に抱かれ、創造主の御心のもと結実した私のような天然真珠と違って、人造の紛い物には思索というものがないのだ。彼らは周囲のものを反射することでしか、世界に関われない。

「当たり前だ、私はいつも彼女のそばにいた」

いつしか歌は終わり、ディスプレイは司会からマイクを向けられた彼女の姿をバストアップで映している。その左胸、銀色に輝く花の中心に、私がいる。

私はここより遥か南の、青く温かい海で生まれた。といっても、実際に自身の発生の記憶を宿しているものなどごくわずかだろう。私もまたご多分に洩れず、その瞬間の認識は抜け落ちている。発生の経緯を知ったのはずっと後、私を絹のハンカチにのせて顧客に差し出した商人が、弁舌さわやかに商品説明をする口上を聞き留めたのがきっかけだった。百万個の貝を開けて、やっと一つ入っているかいないかだという、南太平洋で育まれた天然大粒黒蝶真珠。奇跡の直径十三ミリ。ただの漆黒ではなく、ピーコックグリーンと呼ばれる高貴な緑味をまとった南海の皇帝。それが私だ。

しかし、私は私という一粒が母貝の体内で形成されたときから私だったわけではない。その頃から、周囲を見る力はあったように思う。無知な人間は知るよしもないが、真珠であれ、ビー玉であれ、研磨された宝石であれ、輝きを持つ球体は、すべてこの世を眺める眼球の性質を持っている。ただ、大半の石は見ているだけで、理解する力は持っていない。空を見上げる水面のように、流れていく周囲のことごとくをただ漠然と映し続けるだけだ。

そんなただの石ころが、私のような思索の自由を手に入れるために必要なのは、私は私である、という己に対する理解だ。

カリンを見ているとよくわかる。カリンはすでにこの世に存在している。意識も確かに有している。だが、自分という個をいまだ確立できていない。自他の区別が曖昧で、なにもかもがひとつながりになった、濁った未明の海にいる。彼女は自分を取り巻く世界を見ているが、本当の意味では見ていないのだ。

ならば私が未明の海を抜け出し、光を得て、自分の存在を確信したのは、いつのことだっただろう。

意識の起源を遡ると、いつも痛みがある。鋭く容赦のない、内側から砕け散りそうな深い痛みだ。

少し遅れて青暗い悲しみと、恐怖と、痛みが去らないことへの怒りがやってくる。おそらく私を産んだ貝は外敵からなんらかの襲撃を受けたのだろう。あるいは、その痛ましい襲撃が私を形成する一因となったのかもしれない。

真珠が貝の体内で形成されるには、いくつかの偶然が必要になる。一般的な貝の構造として、貝殻と貝の中身、すなわち内臓器官の間には、外套膜《がいとうまく》と呼ばれるカルシウムを分泌する器官が存在している。

貝は成長するにつれ、外套膜の分泌液を様々に結晶化させて、自身を守る貝殻をより大きく、より厚く育てていく。要するに、外套膜は貝殻の材料を供給し続けているのだ。しかしなんらかの要因——例えば砂などの異物の混入であったり、寄生虫の侵入であったり——によって、外套膜の分泌機能のある細胞の一部が体内の他の場所へと運ばれ、移動先でなお貝殻の材料を分泌し続けると、その場で球形の結晶が作られていくことになる。これが、私たち真珠の正体だ。

ただ、この世のすべての貝が輝きのある真珠を作るわけではない。貝殻が真珠層と呼ばれる薄い結晶の重なりで作られている貝、いわゆる真珠貝と呼ばれる一握りの貝だけが私たちを作る可能性を秘めている。その上、仮に外套膜の分泌細胞が首尾よく剝がれて結晶を成しても、同心円状の美しい真珠は滅多に生まれず、輝きのないただの球体であったり、いびつに潰れた形をしていたりと、ほとんどがなんの価値もないクズとなる。

輝きを宿し、完全な球形で、かつ豊かにふくらんだ私のような大粒の花珠は、存在そのものが奇跡と言って差し支えない。私は私という存在の稀少性を、正しく理解している。

貝から取り出されて以降、多くの、多くの、本当に多くの人間が私を覗き込み、買い取り、売り払い、時に酒を飲みながら撫でさすった。覗き込まれた瞬間の内部へ滑り込むような視線の感触は覚えているが、それぞれの顔はろくに思い出せない。ただのぼんやりとした色の集合だ。つまりその頃はまだ、正確な意味で私は彼らを見てはいなかったのだ。

ただ漠然と、つまらなく思っていた。ほとんどの人間は私を大金と引き替えに手元へ置き、より多くの金を求めて手放した。私を介して、金の投げ合いをしているようにしか思えなかった。装飾品を作ろうとする人間もいなくはなかったが、私のような大粒の天然真珠はよっぽど腕の良い職人が仕立てない限り、下手な加工はかえって価値を損ねてしまうらしい。その手配が出来ないまま、もしくは私に手を入れる覚悟が築かれないまま、手放されるのが常だった。

私は、奇跡なのに。

この輝きを、祝福を、誰も受け取らない。みな自分よりも価値を見出しそうな誰かへ、金を多く払う誰かへ譲り渡していく。これがこの世の在り方なのか。こんな見るに値しないくだらない世は、貝の悲しみに釣り合わない。

リズに会ったのは、そんな折だった。

知人の宝石商を通じて私を手に入れた事務所の社長が、デビュー曲『凪の海で』のレコードが大ヒットした祝いとして彼女にプレゼントしたらしい。藍色のビロードが張られた小箱の中で、私は降り注いでくる彼女のまなざしを感じた。

楽屋から退出する社長を見送り、一人になったリズはしみじみと私を見つめた。つまみ上げ、手のひらにのせて転がしたり、天井の照明に透かしたりと、不思議そうに色々な角度から眺めていた。まあ、私は美しいのだから当然だ。ピーコックグリーンだなんて高貴な色、この娘は知らないだろうが。そうタカをくっていた次の瞬間。

リズは私を口の中に放り込んだ。

「ぎゃあ！」

あまりのショックに体内にばちばちと火花が散り、私はあられもない悲鳴を上げた。なんてことだ！　なんてことだ！　ああ、唾液がつく。波うつ舌に絡め取られ、飴のように舐められる。あろうことかこの馬鹿娘は、上下の奥歯で私を挟むことすらした。かち、と寒気を伴うおぞましい音が内部に響く。ぎゃあ！

「この馬鹿者が！　出せ、出せええ！」

真珠の声など、どうせ人には聞こえない。だけど私はこの日、生まれて初めて、あまりに悲惨な自分の運命へ向けて、あらん限りの力で否を唱えた。

その瞬間、川を塞いでいた堆積物が押し流されるのに似た快楽と共に、私の中に一本の道筋が通った。これはいやだ、という絶叫は、これがいい、という望みがあってこそ湧き起こる。私は、私という存在の、切実な願いを理解した。

しばらくしてリズは満足したのか、私をティッシュ（ティッシュ！）に向けて吐き出した。唾液まみれになった私を見下ろし、にこりと微笑む。

「真珠ってこんな味なんだ。柔らかいなあ」

宝石の真贋はともかく、人間の顔の美醜なんて私には測れない。少なくとも当時はさっぱりわからなかった。

だけどその時、とても楽しそうなリズの笑顔を見た途端、私は彼女が行った狼藉を許してしまった。

その後、リズは事務所の近所の業者に頼んでブローチを一つ作らせた。銀製の芙蓉に似た五枚花のブローチで、中心には私を据える台座が設けられていた。私の方には小さな冠型の金具が取りつけられ、台座にかちりと嵌めることも出来るし、私単体でもシンプルなペンダントトップとして使用できる作りになっていた。彼女が私をブローチに固定しなかった理由はもちろん、ペンダントとして使いたいだけではなく、時々私を口に入れて楽しみたいからだ。

十九歳のリズは、ただの子供だった。けれど彼女はありふれた肉体に、一粒の奇跡を隠していた。

初めて彼女のステージに付いていった日のことは忘れられない。

デパート内のホールで催されたイベントで、テレビで話題の新人を一目見ようと駆けつけた大勢のファンが客席を埋め尽くしていた。私は銀の花に収まり、彼女の左胸に飾られた。

司会の呼び出しを待つ間、彼女の心臓は速い鼓動を繰り返していた。あまりに鋭く打つものだから、布を数枚挟んだ位置にある私まで弾んでしまいそうなくらいだった。ふいにリズは、私を強く握った。深く息を吸い、ゆっくりと吐く。ただの子供だった。舞台袖では、確かにただの子供だったのだ。

それなのにステージの中央で挨拶を済ませ、割れんばかりの拍手の中、イントロに耳をそばだてるよう目を伏せた彼女はもうただの子供ではなかった。

心臓が規則正しく打っている。

す、と息を吸った少女の唇から柔らかな音の宝石がぼろぼろとこぼれ、輝く波となってまたたく間に会場を飲み込んだ。気がつけば、なつかしい海がそこにあった。そこにいた誰もが彼女の歌を通じ、還りたい場所を見ただろう。

この輝きの糧になるなら、嚙み潰されたって構わない。狂おしく、砕けるように焦がれながら、私は彼女の一部になった。

もう何度繰り返したかわからない話に、へえええ、と新鮮な相づちを打ち、カリンは熱心に聞き入った。

「一部になるって、くっつくってことでしょう？　ちょうど今の私たちみたいに。それなら、どうしてお姫様はここにいないの？　私も口に入れてもらいたい」

「何度も言わせるな。彼女はもういないんだ」

「じゃあ、待ってたらてれびから出てきてくれる？」

「出てこない。人間はすぐにいなくなる。代わりに、自分の分身をあとに残す」

「ぶんしん」

「歩だ。歩の前には、麗菜《れいな》という女がいた。リズは麗菜を産み、麗菜は歩を産んだ。そうしてつながっていく」

言いながら、内側から腐り落ちそうになった。なにがつながっている、だ。なにもつながっていない。麗菜も歩も紛い物だった。リズは、あの珠玉は、彼女が歌う幻の世界へ還ってしまった。

「どんどん悪くなっていく。新しく生まれるのはくだらないものばかりだ」

「お姫様、そこにいるのにね」

カリンは、おーい、とパソコンのディスプレイに向けて呼びかけた。

「お姫様、笑って！」

ふと、リズがこちらに目をやって微笑んだ。テレビカメラを見たのだろう。それともその先の、数十年前の茶の間の視聴者を見たのだろうか。画面が切り替わり、間の抜けた顔をした歩が映し出された。

リズの次に目をやると、大抵の人間は顔や体のどこかしらが上下左右のバランスを欠いた、不完全でいびつな生物に見える。球形にならなかった真珠。もしくは光沢すら得られなかったカルシウムのかたまり。私は彼女を見るのをやめた。

＊

目覚ましが大音量で鳴っている。

ああ、仕事を始めなければ。でも、あと十五分だけ寝ていたい。頭も体も、鉛のように重い。スマホのアラームは放っておけば勝手に止まる。

だけどなかなか鳴り止まない。

ど、と全身に冷や汗を掻きながら飛び起きた。目の前には画面が真っ暗になったノートパソコン。その真横で、スマホがランプを七色に点滅させている。慌てて画面を点し、表示された赤い通話ボタンをタップした。

「もしもし！　すみません、真砂です」

『いつもお世話になっております。青龍エンターテイメント衣裳部の仙台です』

「あ、仙台さん。お世話になっています。すみません、ご依頼頂いた衣装のデザインですが、もう間もなく」

『真砂さんすみません、今お時間よろしいですか？』

「は、はい。もちろんです」

『先ほど相方の遠藤詩音さんからご連絡を頂きまして』

みぞおちをぐっと押し込まれたみたいに、息がし辛くなる。

「……はい」

『なんでも、ブランドを解散されたと』

「いえ、遠藤は他のブランドに移籍しますが、『no where』は私の個人名義で継続いたします。なので、仕事もこれまで通りに」

『あの、初めの打ち合わせでご説明した通り、『キャンディシンドローム』は主人公のジュエリーが非常に重要なキーになる映画なので、本当に申し訳ないのですが私どもとしても……』

「いえ、あの、遠藤の他にも、うちの服に合うとても素敵なジュエリーを制作しているデザイナーはいますので、今日中に話をまとめ、改めてデザイン画をお送りします。監督にも、どうか」

『他ならぬ土浦《つちうら》監督が詩音さんのジュエリーに惹かれたことが今回のお話のきっかけだったので、途中で詩音さんが抜けてしまわれるのでは、少々話が変わってきているように思います。幸い、詩音さんが移った『ブライトフォレスト』は、近い、と申し上げては失礼ですが、『no where』さんと同じく清潔感のあるカジュアル路線ですし』

服は私が作ったものでなくていい。そうはっきりと告げられ、背中からしゅるしゅると力が抜けていく。仙台さんは微塵も引っかかりのない、絹のようになめらかな口調で続けた。

『詩音さんもこの責任を感じてくださっていて、『ブライトフォレスト』に移ったあとも継続して映画向けのジュエリーを作ってくださるとのことでした。なので、真砂さんにはお時間を割いて頂いて本当に申し訳ないのですが、また改めて、別の形でなにかご一緒できればと……』

そしてこの先、私に「また別の形で」この人から仕事の電話がかかってくることは確実に、ない。

「……わかりました。それでは」

スマホの画面が暗くなる。

今日の予定がなくなってしまった。

西麻布の会員制レストランバー「兎の穴」は、閑静な住宅街の一角にある。

白壁に瑠璃色の瓦を並べたレトロな建物で、表に看板が出ていないため、そばを通るほとんどの人はただのおしゃれな民家だと思っているだろう。周囲に植えられた楓の木が四季折々の色合いを白壁に投げかけ、まるで一枚の絵画のような調和のとれた外観を築いている。今は柔らかい茜色の紅葉が、温かいニットのように店をくるりと囲んでいた。

祖父に連れられて、初めてこの店を訪ねた日の衝撃は今でも忘れられない。アール・デコ調で統一された格調高い内装、一度食べたら忘れられない濃厚な料理の数々、そしてなにより、そこに集まる人々の目が痺れるような美しさに、十代の私はただ呆然と、文字通り兎の穴に転げ落ちた少女の気分で立ち尽くした。

今でも、この店は少し入りにくい。飴色のマホガニーの扉をそっと押し開け、出迎えたボーイに会員証を見せる。すると合点のいった様子で微笑まれ、中へ案内された。

照明を絞った落ち着いた店内には、ストリングス入りの小気味よいジャズが流れていた。今日は貸し切りで業界関係者を招いたパーティが行われているらしく、入り口近くの壁面にはビュッフェ形式でずらりと料理が並び、テーブルは取り払われて、代わりにいくつものソファや椅子、ミニテーブルがフロアのあちこちに配置されていた。コートをボーイへ渡し、ウェルカムドリンクのシャンパンで軽く舌を湿らせる。

三十人ほどの男女がフロアのあちこちで和やかに歓談している。その誰もが、すうっと目を吸い寄せられる輝きを放っている。顔や体つき、肉体的な外見のレベルが明らかに高い。服も流行を押さえたハイブランドのものを気負いなく着こなしていて、一人一人が芸術家の手で作られた彫刻のようだ。ＣＭやドラマ、ファッション誌で見かけた顔もいくらか交ざっている。

相変わらずここは夢の中みたいだ。輝ける人を集めたあの人の王国。せめてもの意地として『no where』でも人気の高い、質のいいシルクを使ったブルーのコクーンワンピースを着てきたけど、なんの意味も感じられない。詩音ならきっと、同じ服でも臆せずにフロアを歩けただろう、と意味のないことを考える。

ほろ苦い気分で周囲を見回し、奥まったソファの一つに目当ての相手が腰掛けているのを見つけた。大柄で四角張った体つきをした、目鼻立ちの派手な伊達男だ。もう六十近いというのに、脂っ気が体中からにじみ出ている。隣に座る女は、私と同じくらいの年頃だろうか。シャンプーのＣＭから抜け出てきたような、輝きのあるボブカットの髪からつるりとした耳を覗かせている。気だるく官能的な顔つきで、体の線を見せつけるオフショルダーの赤いドレスがよく似合っていた。私は歩み寄り、男に声をかけた。

「秀久《ひでひさ》さん」

「おお、歩ちゃんじゃないか。どうしたの、珍しいね」

「ちょっと話したいことがあって。事務所に連絡したら、こっちだって」

「なんだよ、仕事の話？　鈴蘭《すずらん》め、ここにいるときの俺はオフだってのに」

秘書をファーストネームで呼び、私の戸籍上の祖父である真砂秀久は茶目っ気たっぷりに顔をしかめた。隣に座る女の腰に手を弾ませ、指先をフードコーナーに向ける。

「ごめんなあ、すぐに済ませるから、あっちでデザートでも食べておいで」

女は艶やかに微笑み、ちらりと私を一瞥して席を立った。

「かんわいいだろう？　次にうちから売り出そうと思ってるんだ。母親がイギリス人でさ。やっぱり両親の人種が違うと、魅力的な顔立ちになるよなあ」

秀久さんの話には、いつもうまくリアクションがとれない。人種、性別、セクシュアリティなど、属性で他人を決めつける発言が多く、なんとなくいやだ、グロテスクだと思うのに、怒らせずにそれを伝える方法がわからない。ミックスルーツの人は美形、だなんて、日本人なら全員エコノミックアニマルで仕事が大好き！　くらい雑で強引なイメージの押しつけだと思うけれど。私は曖昧に肩をすくめ、彼の向かいのソファに座った。

「それで、話なんだけど」

「おお、まじめまじめ。まじめしか取り柄のない奴がまじめぶるんだぞ」

「……詩音が出て行ったの。それで、色々立て直さなくちゃならないから、申し訳ないんだけど今月の家賃を少し待ってもらえ」

「あー、いいいい、いいって。初めから、そんな身内から儲けようなんて思っちゃいないよ。

家賃なんていつでもいいから、人生勉強だと思って好きに遊びなさい」

遊び、の一言にちくりと刺される。なにも言わずに頭を下げた。

「……すみません。迷惑、かけます」

「歩ちゃんもなあ、もう少し色気っていうの？　人生にね、もっと遊びの余地を作りなさいよ。そうじゃないと人が寄ってこないよ？」

「覚えておきます」

「うんうん、じゃあ俺からの宿題ね。今日、ここにいる誰かと仲良しになって一緒に帰りなさい」

きらびやかな黄金色の空間が、急に圧を帯びて迫ってくる気がした。秀久さんは昔から、他人の心を引っかき回すのが大好きだ。いたぶって、追い詰めて、なにか面白いものが出てこないか試す節がある。だけどこの人から多大な援助を受けている私に、断る自由はない。

「わかりました」

「なに、堅く考える必要はないさ。ほら、料理でも取って楽しみなさい」

にこやかに笑って秀久さんは片手を上げた。行け、という意味だろう。私は浅く頷いてソファを立った。料理の並ぶテーブルへ向かい、食べたいものを選んで皿へのせる。よく冷やされて表面の曇った白ワインのグラスをもらい、うろうろと迷った挙げ句、壁沿いに置かれた革張りのソファに腰を下ろした。膝に料理の皿をのせ、食べ始める。

山羊のチーズを使ったポルチーニ茸のスパゲッティ。薄紅色のローストビーフ。キャビアをのせた雲丹のジュレ。信じられないことに、どれもふんだんにバットの中に残っていた。ここにいる人たちは、みんなこんなご馳走を食べ慣れているのだろうか。普段はコンビニのおにぎりで食事を済ませることが多いため、どれも毒かと思うくらいおいしい。

前屈みになって食べていると、視界の端を赤い金魚が横切った。先ほど秀久さんの隣に座っていた女だ。人波を縫い、彼と話していた男が会話を切り上げる絶妙のタイミングでするりと隣にすべり込む。秀久さんの耳になにかを囁き、なにかを告げられ、フロアに目を泳がせ、ちらりと私に目をやった。

笑っている。

心臓を氷の針で刺されたみたいだ。そこからじくじくと凍っていく。

少し遅れてわかった気がした。ここにいる人たちは、少なくとも秀久さんの前では絶対に、このようなカロリーの高い料理は食べないのだ。よく見れば誰も彼もが飲み物を片手に談笑していて、私のように座ってしっかりと食事をしている人は見当たらない。椅子の座面に潰れた幅広の太ももが目に入る。きっとあの金魚姫の太ももは私の半分もないだろう。ものすごくおいしかった料理が急に飲み下せなくなる。

皿を置くと、今度はやることがなかった。贅を凝らしたアクアリウムを眺める気分で、移りゆくフロアを鑑賞する。この店を訪れる美しい人たちは、手始めに周囲の知り合いと歓談し、隙を見て秀久さんに挨拶に行く。長く彼と話し込める人ほど愛されているのだろう。上機嫌で席を立ち、頃合いを見て去って行く。初めから、私が彼らのスケジュールに入り込む隙はないのだ。それなのに秀久さんは、仲良くなって一緒に帰れ、と言う。今も壁際から動けない私を、美しい女と一緒に笑っている。見ろよ、あれでもリズと血がつながってるんだぜ。戸籍上は孫だからな、一応面倒見てやってるんだ。

身動きがとれずに、小一時間が経った。もう諦めて帰ろうか。そう思った瞬間、不規則な動きをする金魚が一匹、ひらりとアクアリウムに迷い込んだ。

他の客は丁寧な案内を受けて入店するのに、彼はボーイと小声で言い争うようにしてフロアに現れた。背が高く端整な顔立ちをした若い男で、ライトグレーのライダースジャケットに白のインナー、黒のワイドパンツを合わせてきれいなAラインを作っている。まるでハイファッションの雑誌から抜け出てきたみたいに、良い意味で佇まいにも顔つきにも癖がない。恐らく現役のモデルだろう。彼はぐるりと会場を見回すと、すぐさま強い足取りで秀久さんのもとへ向かった。先に話していた人を押しのけるようにしてソファに座り、大仰な身振りでしゃべり始める。

秀久さんは相変わらず隣に金魚姫を侍らせたまま、にこにこと笑って応対した。ただ、その笑顔の完璧さから、男の話をまともに聞いていないことがよくわかる。私に対するものとよく似た、興味のないものに向ける微笑みだ。

やがて、秀久さんは指を揺らして男に退席をうながした。肩を落とし、彼はふらりと立ち上がった。だけどまだ帰る気はないのだろう。カウンターに立ち寄って白ワインを手に取り、視線を巡らせる。

いやな予感がした。男は気だるい足取りでこちらへ歩み寄り、私の前で足を止めた。

「隣、いい?」

「ど……どうぞ」

なんで二人がけのソファなんかに座ってしまったんだろう。男はてのひらを三つ並べたくらいの距離を空けて、どさりと腰を下ろした。スパイシーで甘ったるい香水が鼻をくすぐる。ちびちびとワインを舐め、秀久さんの方をうかがって、男は唐突に私の方へ顔を向けた。

「パールライトの人? 初めて会うね」

パールライトとは、秀久さんが経営する芸能事務所の名前だ。男は唇の端を軽く持ち上げ、ビジネスライクな微笑みを浮かべている。近くで見ると男の顔立ちは彫りが深く、彼も金魚姫と同じく海外にルーツを持っているように感じられた。

ただ微笑まれているだけなのに、美しい顔の圧力に体が固まる。

「いえ、私は……『no where』というブランドのデザイナーをしています」

「んー、知らないや。レディース？」

「はい」

「ごめんね、勉強しとくよ。俺、木暮穣司《こぐれじようじ》。よろしくね」

明るく言って、男は片手を差し出した。名前に聞き覚えがあるので、ある程度は知られた人なのだろう。もしかしたら彼がポーズをとっている雑誌が、事務所のラックにささっているかもしれない。

「真砂、歩です。よろしく」

ほんの少し、指先を穣司の手のひらに触れさせる。すると穣司は目を大きくして、親指で背後を示した。

「マサゴ？　真砂って……」

「あ、ああ、はい。あの人の身内……孫、というか」

「マジかよ！　エンペラーの孫がなんでこんな隅っこに座ってるんだ？」

「あの人、エンペラーって呼ばれてるんだ」

「そう、マサゴエンペラー。俺たちのこわーいボスだ。あの人に愛されたらこの業界で叶わない夢はない。代わりに、あの人の愛は一瞬で枯れる。靴のかかとでゴミ箱に蹴落とされて、終わりだ」

穣司はソファの背に頬杖をつき、大げさなため息を吐いた。隙のない顔立ちが崩れ、ふと、同い年くらいかもしれない、と気づく。きっと、私と同じ二十代の前半。少なくとも、三十には届いていないだろう。

「俺も、二年前までは愛されていた。だけどそろそろ、だめらしい。今日のパーティの招待状ももらえなかったしな」

「え、これってただの事務所の親睦会でしょう？」

「まさか。プリンセスは今日のチケットを手に入れるために、俺たちがどれだけ苦労していると思ってるんだ？」

「プリンセス？」

ぞっとする。穣司は私の反応に気づきもせず、つまらなそうにフロアを見回した。

「まあ、それはいいとして。君はここでなにをしているんだ？　まさかおじいさまに帰りの運転手を命じられているわけじゃないだろう？」

「……ちょっと、やることがあって」

口に出して、はたと穣司の顔を見つめた。

「あなたは、まだこれから秀久さんと話しに行くの？」

「いや、そうしようかと思ったんだけど、諦めた」

「そんな、あっさり」

「そう言うなよ。それなりに傷ついたんだぜ？　まあ、また別の生き方を探すさ」

思い切りが良すぎて、なにを考えているのかよくわからない。ただ、今の私にとってとても都合のいい人であることはわかる。

「それなら、一緒にここを出ない？　えっと……お、お茶でも飲みましょう」

声が震える。異性を、しかもこんなに美しい男を誘い出すなんて、ものすごく奇妙で、そぐわないことをしている自覚がある。

「お、情熱的。いいねいいね」

口笛でも吹きそうな軽い調子で、穣司はソファから立ち上がった。私をエスコートするよう、半歩先に立ってフロアを歩いて行く。

背中にぴりりと視線を感じた。秀久さんが、こちらを見ている。私は振り返らず、穣司に続いて店を出た。


夜風が気持ちよさそうだから、となんとなくテラス席を選んでしまい、失敗した、とあとから気づいた。道行く人が、ちらちらと穣司を見ている。それだけならまだしも、向かいに座る私にまで物言いたげなまなざしを投げてくる。ああ、なんでこんなイケメンがこんな小太りで平均以下の女連れてるの、ですよね。わかります、わかりますよ。お互いの格好がフォーマル寄りだったのが、余計にデートっぽさを招いてよくなかったのだろう。よくない。本当に、よくない。

居心地の悪さをごまかしたかったのと、当たり前のようにワインを注文した穣司につられて、つい私もワインを頼んでしまった。スモークチーズと一緒に、シナモンの効いたホットワインを数口。体が温まり、顔に突き刺さる視線が遠のいて、ようやく人心地つく。

そして、気がつくと余計なことをしゃべっていた。

「なんだそれ、普通に話しかけりゃいいだけだろ」

赤身のステーキと緑黄色野菜のサラダをワインの合間にゆっくりと咀嚼し、穣司は笑い混じりに肩をすくめた。私はぶんぶんと首を振る。

「きれいな人に、仕事以外で話しかけるなんて出来ないよ」

「心配しなくても、エンペラーの孫だって明かしたら、あの場にいる一番いい男だって跪いて仲良くしてくれるさ」

「それは、いやだ」

「どうして？　俺は君のことが死ぬほどうらやましい」

「……真砂リズって知ってる？」

「エンペラーの奥さんだろ。有名な歌手だったっていう」

私はスマホでリズの画像を検索し、穣司に差し出した。

「これ、私のおばあちゃんの若い頃のスナップ」

画面を覗いた穣司は、思わずといった風に笑って口元を押さえた。画面と私を、まるで探し物でもするみたいに小刻みに見比べる。

「すごいな。君のおばあさまは女神かなにかだったの？」

「似てないでしょ」

「まあ」

「いいよ。小さい頃から、もう一万回くらい今みたいな目で見られたし。言っとくけど、お母さんはある程度似てて美人なんだよ」

「わかった。要するに君は、自分のルックスを恨んでるんだな。エンペラーのことも、あまりに特別だったおばあさまのことも、心の底では憎んでいる」

「なんでそうなるの。違うよ」

苦笑いをして、スマホを返してもらった。花のように微笑むリズにちらりと目を向ける。

「おばあちゃんのことが大好きだった。だからなおさら、彼女の名前……まあ、今は秀久さんの名前ってことになっちゃうのかな。それを、利用したくない。もしもリズと同じ時代に生きていたとしても、シンプルに実力で仕事相手に選んでもらえるようなクリエイターになりたいの」

「それはずいぶん贅沢な望みだ」

穣司は頬杖をついてにやにやと笑い、ぴっと人差し指で私を差した。

「きらわれるだろ」

「……そうだね、少し前に、仕事上のパートナーに愛想を尽かされたばかり」

「理由は自分でわかってる？」

「私がどんくさいから？」

「近いけど、少し違う。お花畑のプリンセス、君は自分がどれだけのものを得て生まれてきたかわかっていないんだ。それを軽率に拒もうとするから、俺や、その仕事上のパートナーを含めた多くの人に憎まれる」

「その、プリンセスって言うのやめてくれない？　……そう、あなたも私のことがきらいなんだ」

「憎たらしいね。でも持ってる奴はそんなことを考えるんだって、おかしくもある」

「……あなたに言われたくないけど」

澄まし顔の穣司を睨みつける。

「私じゃなく、あなたがリズの孫だったら、きっと誰の心も波立てずに色んなことがきれいに収まった」

「まあ、そうだろうね。でも実際はそうはならなかった。なんでだと思う？」

すらりと聞き返され、一瞬、返事に詰まった。

「なにそれ、理由なんかないでしょう」

「あるとしたら？」

「ない」

ふふ、と穣司は楽しそうに笑う。くやしいけれど、私も憎しみを確認し合うようなやりとりがいつしか楽しくなっていた。

「きっと俺たち、欠けたものを補い合う、すごくいいパートナーになれるよ」

「そうかもね」

思わず冗談で笑い返すぐらいには、浮かれていたのだろう。上機嫌で飲み続ける彼をつい止めそびれ、気がつけば目の前には見事な酔っ払いが出来上がっていた。

「家どこ！　起きて！」

赤い顔を叩いても、うつらうつらするばかりでろくにしゃべらない。仕方なく二人分の会計を済ませ、寝ぼけた男に肩を貸して引き起こした。体が大きいせいでやたらと重く、歩くたびに覆い被さってくるのを下から支える格好になる。穣司のふところは香水の甘ったるい匂いが小さな湖みたいに満ちていて、長く嗅いでいるとくらくらした。なんとかタクシーの後部座席に押し込み、少し迷って、ここからほど近い事務所の住所を告げた。

ホテルなんて色っぽい場所に連れて行ったらややこしくなる、これ以上この人と恋仲めいた行動をとって妙な目で見られるのはごめんだ、とその時は思った。

仕事の関係者で、うっかり飲めない人に飲ませてしまって、と下手な言い訳をしつつ、タクシーの運転手に手伝ってもらって事務所のソファに大柄な体を寝かせた。支払いをして一息ついて、しまった、と頭を押さえる。やっぱり適当なホテルの部屋に放り込んでしまえばよかった。事務所には金庫に入っているとはいえ貴重品があるし、次のシーズンのサンプルやデザイン画も置いてある。部外者を、しかも同じ業界で食い扶持を稼いでいる人間を置いて、無防備に帰るわけにもいかない。

穣司は窮屈そうに体を丸め、ぴったりとソファに収まっている。私はため息を吐き、ロッカーに常備してある寝袋を引っ張り出した。展示会前の忙しい時期には、よくソファと寝袋のどちらで寝るかで詩音とジャンケンをしたものだ。さらりと流れる黒い髪を思い出して、切なくなる。

詩音のように生まれたかった、とどれだけ願ったことだろう。美しく才能にあふれ、猛々しく野蛮な。彼女こそ本当のプリンセスだ。だから専門学校の学期末のファッションショーで、一緒に組もうと誘われたときには嬉しかった。美しい人をさらに美しく飾るよう、彼女に似合うデザインをたくさん考えた。その道は、いずれリズがいた世界へつながるような気がしていた。

だけど、詩音は私のもとを去った。穣司の言葉を借りるなら、私を憎んで。

奥歯を噛み、寝袋にもぐり込む。中にはまだ少し詩音の匂いが残っていた。そういえば、あの人はジャンケンが弱かった。狭くてきらい、とうめきながら、いつもこの中で眠っていた。目を閉じると、温かいぬかるみに沈むように、疲れ切った意識が絶えた。


かたかたと軽快にキーボードを叩く音がする。

ああ、帰ってきてくれたんだ。泣きたいような気持ちで顔を上げる。パソコンデスクに向かう彼女に、お礼を言おうと。

やけに、背中が大きい。二回りは大きい。寝ぼけているのかと目をこすった。

「……な……な、な、な、なにやってるの！」

「あ、おはよう」

「おはようじゃないよ！　ちょっと、勝手に触らないで！」

「なんだっけ、えーっと『キャンディシンドローム』？　の土浦監督にアポイントメントとれたよ。青龍エンターテイメント経由じゃ握りつぶされちゃって話になんないからさ、直接プレゼンさせてくれって連絡しといた。すぐに返事来たよ。来週の金曜日の十五時から、衣装案を持って事務所に来るようにって。相方さんが移籍したブランドにも案を出させてるみたいだし、直接突き合わせて決めるんじゃない？」

「……は？」

「というか、なんで君は監督の名刺を持ってるのに直接ぶつからないんだ？　すべての手を試す前に諦めるなんて、よっぽど怠け者か、ふところに余裕があるんだな」

「か、監督に直接？　そんな、仙台さんに、気難しい人だからやりとりは必ず会社を通すようにって、念を押されてたのに……」

「余計によくわからない。どうして君は、君を切り捨てた人間の言うことを聞こうとするんだ？」

剽軽《ひょうきん》な仕草で肩をすくめ、後頭部に寝癖をつけた穣司は腰掛けたパソコンチェアごと、その場でくるくると回転する。私は彼を押しのけてパソコンを覗いた。

朝方に仙台さんから、今回の映画における衣装制作の契約を破棄するメールが届いている。添付した契約解除の書類を印刷し、了承する旨を署名して送り返せ、という依頼文だ。私のパソコンは、スリープ中でも仕事関係のメールが届いたらビープ音で知らせる仕様になっている。恐らく穣司は、その音で起きたのだろう。

「緊急の連絡なら起こそうと思ったんだけど。でも、なんだか足掻く余地のある案件だなってておかしくなってさ」

「信じられない！　なんでこんな勝手なこと」

「勝手じゃないよ」

「え？」

「昨日言っただろう？　俺たちはパートナーだ。一蓮托生。だから、君の成功に全力を尽くすさ」

意味がよく、わからない。なんの話をされているのだろう。涼しい顔でこちらを見返す男の、手元がもぞもぞと動いている。あぐらを掻いた上で、なにか小物をいじっている。茶色い。手足がついている。真っ黒いつぶらな瞳で私を見上げ、それは両手で恥ずかしそうに顔を覆った。

「プリンセス、オコラナイデー」

穣司が妙に甲高い裏声を添える。

それは両目の位置に黒真珠をはめた、手のひらサイズのテディベアだ。後ろの棚に飾ってあったのに、勝手に持ってきたらしい。

ああ、くやしい。こんな小手先の茶番にやられるなんて。

「……怒らないよ……」

ゆるみかけた顔を両手で隠し、私はその場にしゃがみ込んだ。

2

目を開くと、青白い光があった。

海中に差し込む月光のような、ふわふわとつかみどころのない弱い光だ。右に左に頼りなく揺れ、室内のごくごく狭い空間を照らしている。

ピリリリ、と細い電子音が響き、唐突に光が減じた。低く抑えられた女の声が暗闇に流れ出す。

「はい、遠藤です。——ああ、大丈夫。ん？　今は前の事務所……ふふっ、そう、不思議ちゃんの事務所。昔やった仕事の契約書、一応回収しとこうと思って」

光るスマホを耳に当てた女は膝を折り、勝手知ったる手つきでパソコンデスクの一番下の引き出しを開けた。数秒中を覗き、諦めたように卓上ライトに指を伸ばす。

針のような輝きが散り、真珠層の表面に痛みを感じた。デスクとその周囲が光に切り取られ、女は再び引き出しのそばにしゃがむ。長い髪、聡明な獣のような鋭さのある顔つき。耳と肩の間にスマホを挟み、両手でぶ厚いファイルを引っ張り出すと軽快な手つきでめくっていく。

「うん、うん……えー、違うよ。喧嘩じゃない。そもそも喧嘩するような仲じゃないし。んー……なんていうのかな」

気だるげに会話を続け、女は抜き取った書類を小脇に挟んでいく。

「結局なんだかんだ言って、あの子はずーっとおばあさんの影を追ってるんだよ。私をモデルにしながら、おばあさんに服を着せてるわけ。おばあさんに褒められたくて仕方ないの。……ね、キモいでしょ。ってかキモいだけじゃなくて、むかつくでしょ。どんだけすごい人だったのか知らないけど、身内にいつまでもしがみついてないで、正々堂々、自分一人の人生で勝負しろって感じじゃん。……まあ私もね、ここまで来るのにだいぶお金の面では世話になったし、言いませんよ。これ以上は」

目当ての書類を揃え終わったのか、女はファイルを閉じて引き出しに戻し、スマホを持ち直して耳に当てた。勢いづいたままなにかを言いかけ、ふと、口を閉じる。通話をしている相手の声に耳を傾け、また口を開いた。

「そうだね、もしそうだったら、少しは違ったのかもしれない。でも無理だよ。あの子、自分自身よりおばあさんの方がずっと好きなんだもん。それってちょっといいことに聞こえるかもしれないけど、ぜんぜんよくない、むしろものすごく悪いことだよ」

はあ、と小さなため息が部屋の空気を震わせる。卓上ライトの光がぱちんと消え、厚い暗闇が世界を塗り潰す。女は通話を続けながら落ち着いた足取りで事務所を出て行った。扉が閉まる。ハイヒールの足音が遠ざかる。

部屋の隅、布団を被ってソファで寝ていた大柄な男がむくりと上半身を起こした。しばらくパソコンデスクの辺りを見つめ、また横になる。

私は、目の前で起こったことに対して、なにも思いたくなかった。正直なところ、どうでもよかった。

それなのに、傍らでひそひそと声が芽吹いていく。

「歩、怒られてる？　こわい、こわいよ。詩音、味方じゃないの？」

カリンの声はやけに低く、かすかに震えていた。

おや、悲しんでいるのか？　紛い物にしては複雑な反応を見せている。少し興が乗って、しゃべる気になった。

「味方ではないだろう。あいつは歩を見放したんだ」

「みはなした？」

「捨てる、ということだ。もういらない。見ない。忘れる。遠ざかる」

ひゃっ、と小さな悲鳴が上がった。

「なんで！　なんで！　詩音、歩がきらいなの？」

「お前に、あいつの声ににじむ失望に気づけというのも、酷な話か」

「しっぽう」

「少なくとも、初めはきらいではなかったということだ。時間をかけて、きらいになっていったんだろう」

「詩音……」

「お前が捨てられたわけじゃあるまいに」

「うん、カリン、すてられない。歩がつまんでくれたの」

いきなり話題が飛ぶ。いや、この紛い物の中では飛んでいないのかもしれないが。

カリンは嬉しそうに続けた。

「カリン、キシと似てるんだって」

「なに一つ似ていない！」

この話になるたび、思わず声を荒らげてしまう。この単調で底の浅い人造真珠の黒緑と、天然真珠たる私のピーコックグリーンを同一視するなんて悪い冗談にもほどがある。

要するに歩は私をテディベアの目に使用するにあたり、もう一つ、対の位置に埋める黒真珠を必要としたのだ。そうして選ばれたのが、カリンだった。すかすかと軽く、油でも塗りつけたようなテリを持つ樹脂パール。お前なんか真珠というよりかりんとうだ、と歩と詩音がつまんでいた油菓子を横目に罵っていたら、いつのまにか自分のことを「カリン」と呼ぶようになった。響きを気に入っているらしい。

「だいたい、歩が詩音に捨てられたからなんだと言うんだ。あの女の言っていることは、一から十まで間違いだ」

不快な話題から遠ざかるよう、鬱憤晴らしに吐き捨てる。そうなの？　とカリンは驚いた声を上げた。

「自分一人の人生なんか、この世のどこにもない」

私は、私にならなかった無数のカルシウム球を知っている。私を探してこじ開けられた、無数の貝の痛みを知っている。

「ましてや歩は、私と同じく高度に選ばれた存在だ。望もうが望むまいが、あいつの行動は常にリズの名声の分だけ増幅される。その特別さを理解せずに自分一人の人生で勝負しろ、だと？　詩音はよっぽど一人でなにかを成し遂げた気になってるようだが、あれは自分がどれだけ多くのものを握って生まれてきたか、自覚していないだけの大馬鹿者だ！」

「キシ、むずかしいよう……」

「背負ったものを、投げ捨てるなんて許されないんだ！」

気がつくと、カリンが沈黙していた。

おい、と呼びかけても返事をしない。どうやらこちらが加減せずにしゃべったことで、情報を受け止めきれなくなったようだ。

「……わかった、私が悪かった。おわびになんでも好きな話をしてやる。なにがいい。海の話か、それとも南国の商人の、星をかき集めたような宝石箱の話をしてやろうか」

「わ、じゃあお姫様の話がいい！」

「リズの話か……」

ゆるりと思考を巡らせる。彼女との記憶はあまりに多く、それが世界のすべてだと錯覚するほど私の内にあふれている。カリンが喜ぶのはどんな話だろう。

「リズが、正しくリズになったときの話をしようか」

「正しく？　お姫様、間違ってたの？」

「そういうわけじゃない。ただ、現在に語り継がれているリズと、私が知るリズは少し違う。リズはある時点から、意図的に他人の目に映る自分を作り変えていったんだ」

「よくわかんないい……」

「こう考えるとわかりやすい。リズはもともと、美しい真珠だった。しかしただ一粒をころりと渡されても、その価値を理解できる人間は少ない。なら、その真珠の魅力を最大限に引き出すよう、台座や装飾を調達して、見るからに特別なアクセサリーとして完成させたならどうだ」

あの日、畳のささくれた六畳間で行われていたのは、きっとそういうことだった。

「あまり歯を見せないようにしよう」

口元に手をやって考え込んでいた財部幹也《みきや》が、長い沈黙を挟んで口火を切った。

「歯、ですか？」

紅筆でリズの唇に色を乗せていた市河静子《いちかわしずこ》が戸惑い混じりに聞き返す。市河はリズよりも八つ年上の小柄で地味な女で、事務所がつけた世話係だった。髪をいくつものカーラーでぐるぐる巻きにしたメイク途中のリズもまた、目で驚きを露わにした。

「そう、歯。やっぱりどう考えてもリズは笑わない方がいいんだ。顔が整いすぎてるんだろうな」

あっさりと言って、財部は鏡台に向かったリズの顔を、市河とは反対の位置から覗き込んだ。リズの肩がわずかに震えたのを、ペンダントの飾りとして首にかけられた私だけが知っている。

「目は大きく、鼻は高く、唇は厚く、アメリカの女優みたいな華がある。派手で、過剰で、それなのにきちんと整っている。だから、笑うとかえってバランスが悪くなる」

「そんな、こんなにかわいいのに、笑っちゃだめなんて」

「だめとは言わないさ。ただ、歯は見せるな。軽く口角を持ち上げるだけにしておくんだ」

困惑する市河をよそに、唇を赤く塗られたリズはティッシュを一枚口に咥え、伏し目がちに頷いた。

「財部さんがそう言うならいいよ。私はどうしたら売れるかとか、わかんないから……でも、あんまり笑わないで、暗い女だって思われないかな?」

歌っている時の澄み渡った声に比べ、日頃のリズの声には心なしか内側にこもるようながさつきがあった。財部はああ、と迷わず頷く。

「むしろ思われた方がいい。目立つからな。芸能雑誌を見ろ。リズと似たような年頃の女の子たちが能天気にぴかぴか笑って、薄着で体をくねらせて、ってそんなのばっかりだろう。毎週毎週オーディション番組で新人歌手が作り出される時代に、なにも考えずにやってたらすぐに埋もれちゃうよ。大丈夫、リズは本物だ。愛想を振りまかなくたって必ず人の目に留まるし、一度気になったら目を離せなくなる」

それから財部は二人と話し合い、細かな設定をいくつも作り上げていった。低い声で、ワンテンポ遅らせてしゃべる。興味がない、知らない、わからないなど、たとえ突き放すような印象になっても感じたことはあえてそのまま言う。周囲の機嫌を取らない。

「なんだかすごくわがままな子みたい」

「いや、このくらい突拍子もない方がいい。本物は本物らしく、特別なふるまいをしなきゃだめだ」

悦に入る財部とは逆に、最後まで市河はいまいち腑に落ちない様子で、不安げに二人を見比べていた。

打ち合わせを終えた頃、これから取材を受ける雑誌社から連絡が入ったとアパートの管理人に呼び出され、財部が一時席を外した。市河はリズの髪を留めていたカーラーを外しながら小さな声で言った。

「本当にいいの？　いやだったらいやって言った方がいいよ。リズちゃんはそのままでも十分にかわいいんだから、わざわざ変な子のふりをしなくたって……」

「ううん、私、やってみる。財部さんを信じたい」

「……あんまりあの人を信じすぎるのもどうかしら」

「どういうこと？」

「事務所では変わり者扱いだから。そりゃあ有名な作詞家に弟子入りしていただけあって、書く歌詞はきれいよ？　でも、売り方が……なんの面識もない有名人に片っ端からあなたのレコードを持って売り込みに行ったり、地方の大して集客力のなさそうな小さな公民館にまでわざわざ出向いてコンサートの予定を組んできたり、レコードの発売直後なんか、東京中のレコードショップの前で路上ライブをやるんだってあなたを一週間も連れ回してたでしょう。それで体調崩したの、覚えてる？　やっぱりちょっと、異常よ。ぎらぎらしてて、無鉄砲で、あなたのことも自分のことも考えてない感じで……こわいわ」

「……でもそんな、こわいぐらいに捨て身で私を売り込んで、本物だって信じてくれる人を、信じないなんて出来ないよ」

「リズちゃん……」

市河は苦々しく眉をひそめ、少し迷って続けた。

「財部さんを好きになっちゃだめだよ」

「やだ、静さんなに言ってるの」

「本当よ。男の人って、時にびっくりするほど残酷なことをするから。特にああいう博打打ちは、好きになっちゃだめ」

「一回り年が離れてるんだよ？　好きになるわけないじゃない」

リズはころころと鈴を転がすように笑った。鏡台の前から立ち上がり、ふと、自分の姿を見下ろす。

「ミニスカート、いやだなあ。ジーパンがいいよ。脚、太いんだもん」

「がまんして。夏の間ずっと水着を断り続けたから、雑誌の人もとげとげしてるの。せめてこのくらいセクシーにしなくちゃ」

「そんなことでとげとげしなくたっていいのに」

「水着のグラビアは、売れるからね」

「あと、なんだっけ。家族のインタビューと、引っ越し？」

「新居紹介ね。リズちゃんはお母様への取材も断ってるし、きっとこれから何度も引っ越しすることになるわ。まあ、もともと防犯を考えたら必要なことなんだけどね。芸能人を追っかけ回す困ったファンの人もいるから」

「私の部屋なんて見たって、面白くもなんともないのに」

確かに、事務所から割り当てられた六畳間には、鏡台とちゃぶ台とラジオの他、目立った家具はない。ただの貧しい学生の部屋だ。

「これから、たくさんのことが変わっていくよ。次は、すごくおしゃれな部屋に住めるかも」

「そうだといいな」

アパートの外廊下を近づいてくる重たげな足音が響き、財部が顔を出した。行こう、と二人に声をかけ、アパートの前に駐めてあった空色のスバルに乗り込んだ。てんとう虫みたいに丸っこく愛嬌のあるその車は、所属事務所から営業用に借りたものだ。運転席に財部、助手席に市河、リズは顔を隠すよう、野球帽を被って後部座席に座る。

緑の豊かな公園でベンチに並んで座り、リズの取材をしていた月刊『流行』の向居《むかい》という男性編集者は、十分も経たないうちに手にした万年筆の尻でがりがりと後頭部を掻き出し、少し離れた位置で煙草を吸っていた財部を呼び出した。

「困るよ、財部さん。彼女になにか言っただろう」

「ええ、なんのことだい」

「前に会った時はもっと素直な子だった」

「向居さんに親しんで、地金の部分が出てきたんだろうさ」

「きれいな顔をして無愛想で、つんけんしていて、妙に子供っぽくて……まるで、谷崎の『痴人の愛』のナオミじゃないか」

「さすが！　いい勘してる」

財部は声を上げ、やけに楽しそうに笑った。リズは二人のやりとりを首を傾げて聞いている。向居はうーん、と低いうなり声を上げる。

「ナオミは難しいよ。色気がなくちゃ」

「そこはあなたたちの腕の見せ所だろう」

「こりゃ大変だ」

インタビューを終え、向居はカメラマンに指示してリズの写真を撮り始めた。微笑ませたり、ベンチに座って本を読ませたり、ジャンプさせたりと、試行錯誤を繰り返す。

「ミニスカートじゃないのかもな……」

ぽつりと言って、向居はそばで撮影を見守っていた若い男性編集者に「そこのデパートの下着売り場で黒いスリップを買ってこい」と命じた。そして自分は、空色の生地に金糸で竜の刺繍がされたスカジャンを脱いだ。

「ごめんな、リズちゃん。汗臭くて悪いけど、スリップに着替えたらこれを肩に羽織ってくれるか」

リズは困惑しつつスカジャンを受け取り、一度財部を振り返ってから、はい、と答えた。汗だくで戻ってきた編集者から包みを受け取り、乗ってきた車の後部座席でスカートを脱ぎ、Tシャツも脱ぎ、胸元に花模様のレースが縫い付けられたスリップをするりと身にまとう。最後に、まだ向居の体温がこもっているスカジャンを羽織った。大柄な向居の服はリズにはぶかぶかで、ジャンパーの合わせを握る指がやけにほっそりと弱々しく見えた。

車から降りると向居は相好を崩し、財部は手を叩いた。市河は少し、強ばった顔をしていた。

「じゃあベンチに座って、片足を立てて抱えてみようか。少しさみしげな顔で。いいね、保護された家出少女みたいだ！　ペンダントが、母親の鏡台からくすねてきた背伸びの品みたいだよ。うーんパンツが見えると下品だな……おい、角度気をつけろ」

はい、とカメラマンがどぎまぎしながらシャッターを切る。銀色のフラッシュがまたたく。私は、そして恐らくリズも、実際になにが起こっているのかよくわかっていなかった。フラッシュのこちら側とあちら側は、それだけ遠かった。

「それで、どうなったの？」

「その雑誌が発売されて、リズを取り巻く世界が変わった。リズは稀代のファムファタルとして注目され、またたく間にスターへの階段を駆け上った」

「はむはたる？」

「ファムファタル。男を破滅させる魔性の女、という意味だ。手に入らない美しい女、というイメージが一般的だろうか」

「え、リズってそんな怖い人だったの！」

「まさか。ただの世間知らずの子供さ」

それは間違いない。

「だけど、彼女はなにかとても大きなものにつながっていた」

「大きなもの？」

「大衆の無意識に作用する普遍的なものだ。私の中では、いつも海のイメージで現れた」

歌い始めからこちらの魂をゆさぶる、圧倒的ななにか。形容するのが難しく、つい厳つい言葉を使ってしまった。恐らく半分もわからなかっただろうカリンはしばらく黙り、唐突に言った。

「そっかあ。キシは、お姫様が歌うたびに海に帰れたんだね」

一瞬、なんの話だかわからなかった。

そうだったのだろうか。

そうだったのかも、しれない。

今になってこれほど簡単な答えを、こんな紛い物から教えられるなんて。

礼というわけではないけれど、なにか一つ、大切な話を引き替えに差し出したくなった。

「私の名前がどのように付いたか、教えようか」

「え、どういうこと？　キシはずっとキシじゃないの？」

「違う。名前は、生まれたあとに付けられる。お前がカリンという名前を得たように、私もまた、名前を得た瞬間があったのだ」

あれは確か、ファムファタルの撮影から間もない夜のことだ。

コンサートを行った日の晩は、関係者と適当な飲み屋で盛り上がった後、事務所近くの財部の下宿で飲み明かすのが常だった。あの頃は、本当に誰もが浴びるように酒を飲んだ。飲むことすらも勤めの一部であるような、不思議な約束事が社会に組み込まれていた。未成年のリズはジュースとお茶で場に加わり、よくわからない大人たちの会話ににこにこと相づちを打っていた。

酒も飲めない彼女が本当に楽しみにしていたのは、宴席ではなく、財部の部屋で開かれる麻雀大会だった。

「ツモです、やったー！　ほら、ドラが裏も足していち、にい、さん、よん……六枚！　財部さん、これ高いんでしょう？」

「またリズちゃんか！」

「相変わらず強いなあ」

大量の点棒がざらざらと彼女の手元へ移動する。ルールを覚えて間もないリズはけっして巧みな打ち手ではなかったが、ここぞというときの引きが異様に強かった。一晩に二回、三回のハネ満、倍満はざらで、役満だって珍しくなかった。じわじわと負けて、どんと取り返す。そして終わる頃には軽く小遣いがもらえるくらいに浮いている。それが彼女の麻雀だった。

「お前らみたいな凡人がいくらかかったって、うちの姫様に勝てるものか」

リズの背後の壁にもたれ、時々手を覗きながら飲んでいた財部が上機嫌で笑う。

「ツキが来てる人間ってのは怖いものさ。なあリズ、そうだろう？」

「うん、なんかね、わかるのよ。あ、勝てる、今なら行けるってときが」

なんだそりゃ、くわばらくわばら、と卓を囲む男たちが苦笑いで首を振る。そのうちの一人、先ほどのツモですべての点棒を失った雑誌記者がやけくそ気味に言った。

「違うね、リズちゃんの強さの秘密はその首の黒真珠だ。聞けば、南海の皇帝なんて売り文句の、ずいぶん貴重なやつらしいじゃないか。社長のプレゼントなんだろう？　ちょっと俺に貸してくれよ。次の半チャンだけでいいからさ」

「やーだ！　これは私のお守りなの。ステージの前も、この子を握りしめるとすうっとドキドキが収まるのよ。なんだかね、すごく私の味方でいてくれてるのが、わかるの。誰にも触らせないんだから」

「味方って、まるで人間相手みたいな言い方だな」

「お姫様を守る騎士ってか」

生温かい皮膚の下で、リズの心臓が楽しげに弾んだ。

「そう、騎士。……キシよ。この子は私のキシ。いつだって守ってくれるの。だから、絶対だーめっ」

茶目っ気たっぷりに、リズは舌を出す。すると入り口の扉が開き、市河が顔を出した。部屋に籠もっていた煙草の煙が、すうっと廊下へ流れ出す。

「みなさん、お夜食はいかがですか」

「チャルメラだ！」

「さすが静ちゃん、気が利くなあ」

財部とリズと他に四人の男たち、計六人分のラーメンを市河は手際よく配膳する。近くを通る移動式のラーメン屋台から運んできたらしい。

「わあ、静さんありがとう！」

リズも歓声を上げて、湯気の立つどんぶりを手元に引き寄せた。六人は黙々と、子供のように麺をすすり出す。

「静ちゃんも卓に入らないか？　打てることは打てるんだろう？」

「いえ、私は弱いから……」

「今だってお姫様の一人勝ちなんだ。みんな同じだよ」

「ううん、じゃあ、後で少しだけ」

市河は眉を寄せてひっそりと笑う。

夜が更けるに連れて、酒が回った男たちは大抵がらが悪くなる。大切な商品であり、かつ財部が常に目を光らせているリズに対しては丁重に接するが、市河に対しては胸をつついたり、太ももを揉んだりとたちの悪い行為を平気で行った。だから市河は無防備に卓につくより、周囲であれこれと細かな世話を焼き、少し離れた位置で茶をすすっている方が落ち着いて見えた。

「ごちそうさま？　じゃあ、どんぶり片付けちゃうね」

まるで母親のように言って、市河は空のどんぶりを各自から受け取り、外の廊下の端に設けられた共用の台所に運んでいく。

「あ、静さん、私も手伝う！」

「そんな、いいのよリズちゃん」

「静さんばっかり働かせられないよ」

リズはいいこだなあ、と男たちが手を叩いた。

「廊下は寒いから、一枚羽織っていきな」

「うん！」

元気よく言って、リズは薄いカーディガンを手に立ち上がった。彼女が抜けた席に財部が座り、男たちはまたバラバラと牌をかき交ぜ始める。

「リズちゃん、本当にいいのよ？」

すべてのどんぶりを流しへ運び、市河は少し困った風に言った。リズはけろりとした顔で首を振る。

「ずっと遊んでばかりだったたし、なにかするよ。それにあの部屋、煙いから。ちょっと抜けたかったの」

「うーん、でも、リズちゃんに水仕事はさせられないな」

「どうして？」

「だって、明日も撮影だもの。なるべく手を荒らすようなことは避けなきゃ。じゃあ、布巾を使ってくれる？」

「はーい」

市河はざばざばと乱暴に水を使ってどんぶりをゆすぎ、リズはそれを拭く役に徹した。

薄い扉越しに男たちの笑い声が聞こえる。機嫌よく、なにやら誇らしげに、これからの日本の芸能について熱く語り合っている。

「こういうの、落ち着くなあ」

リズがのんきな声を出した。

「あら、なんで？」

「うーん、歌うのは好きだからコンサートはいいんだけどね。撮影とか、取材とか……私なんて、どこのクラスにも一人はいそうな、むしろ派手な顔、ケバいって馬鹿にされる感じの、ただの女子高生だったのに。こんな風に大げさにしてもらって申し訳ないなあって思うの。だから、こうしてこまごましたことをやっている時の方が、ほっとする」

「そうなんだ……」

しばらく市河は口をつぐみ、なにかを考え込んでいた。手元のどんぶりをすすぎ終えると、横で作業をするリズの手からぱっと布巾を奪う。

「あのね、リズちゃん……こういう仕事が落ち着くのは、きっとこれが裏方の仕事だからだよ。やってあげたら男の人に喜ばれるってわかってる、安全牌の仕事」

「静さん？」

「でもリズちゃんは、男性と対等に渡り合う新しい時代の女なんだから、こんなことで落ち着いてちゃだめ。もっともっと前に出て、闘わなきゃ」

「そんな、静さんだってそうじゃない。男性ばっかりの会社で、社員としてしっかり働いて」

「そんなことないわ……」

市河は苦々しく言って頭を振った。

「そりゃあね、初めは期待してたわよ？　芸能事務所だなんて新しい会社、しかも未来のスターを育てる仕事だなんて、夢みたいだった。でも、入社したその日、事務所に通されたら……私の机なんてどこにもないの。まず言われたのは、吸い殻が溜まった灰皿だったり、汚れたどんぶりやお皿だったりが山積みの男性社員の机を『片付けろ』だった。それが終わったら給湯室、それが終わったらトイレ掃除。今でこそ少しは色んな手配だったり、会議に交ぜてもらったり、こうして打ち上げに顔を出させてもらったりしてるけど、基本は同じよ。女は男の身の回りの世話をやらなくちゃいけない。それをしっかりやった上でなら、仕事を分けてやってもいい」

「……静さん、私の世話、しなくていいよ。洗い物も一緒にやろ？」

「ありがとうリズちゃん。あのね、そういうことじゃないの。私は私で頑張るから、あなたはどんどん偉くなって、あのオジサンたちを顎で使ってちょうだい。男女に能力の差なんてないんだって、見せつけて。……楽しみだわ、早くそんな日が来るといい！」

「ええっ、私にそんな大それたこと、出来るかな……」

「できるわよ！　ほら、胸を張って。私、どんぶり返してくるね。リズちゃんは撮影に備えて早く寝るのよ。隣のプロデューサーの部屋にお布団敷いてあるから。自分のやるべきことがわかる、それがプロってものよ」

きっぱりした口調で言って、市河は洗ったどんぶりを慎重にお盆に積み上げ、夜の街へ出て行った。

リズは廊下の窓に映る白い顔をしばらく眺め、ぷく、と一度頬をふくらませてから財部の部屋へ戻った。

＊

衣装コンペが行われたオフィス土浦からの帰り道、私たちは無言だった。厳密に言うと、穣司はなにか話したそうにしていたのだけど、私が目を合わさなかった。合わせられなかった、という方が正しいのかもしれない。子供の頃からそうだ。私は失敗や恥を誰かと分け合うことが出来ない。内側に隠したくなってしまう。こんなとき、目さえ合わせなければ大抵の人は放っておいてくれる。

むっつりと黙り込んだまま地下鉄に揺られ、事務所へ向かう。

自分の爪先を眺めていたら、唐突に穣司がしゃがんだ。大柄な体を子供っぽく丸め、無遠慮にこちらを見上げてくる。ばちん、と鍵がかかったように視線が交わり、一瞬、表情を作り損ねる。

「……なにしてるの？」

「なにって、歩が無視したんだろう？」

「えー……」

「こういう時は平気なふりしないで、ちゃんと悪口言おうよ。あー！　すっげえ悪趣味なオッサンだったなー！」

「声が大きい！」

車両全体に届きそうな声に、思わず広い背中をひっぱたく。穣司はにやにやと笑って立ち上がった。

「あんな扱いをされて、腹を立てない方がおかしいさ」

「うん……」

一週間でなんとか映画『キャンディシンドローム』の衣装案を取りまとめ、告げられた時間にオフィス土浦を訪ねた。

土浦玄馬監督は髪を短く刈り込んだ壮年の男性だった。大柄で、シャツ越しでも肩が盛り上がって見えるほど筋肉質で、まなざしが鋭い。全身にぴんと張り詰めた緊張感を漂わせている。これまでに日常と性愛のリアルを追求した秀作をいくつも生み出し、映画賞にも名を連ねてきたベテランだ。目の動き一つで繊細な喜怒哀楽を役者に表現させる、演技の細部にとても厳しい人だと聞いている。

迫力に圧され、冷や汗を掻きながらプレゼンを終えた直後、なぜか「別室で三十分ほど待っていて欲しい」と指示された。

首をひねりつつ言われた通りに待機し、再びもとの会議室に通されたら、そこには目を丸くした詩音がいた。

部屋を間違えたのだろうか、ととっさにドアノブを引く。すると背後からやってきた土浦監督がぶ厚い手で扉を押さえた。

「お待たせ。ほら、入って入って」

「で、でも」

「うん、今から説明するから」

有無を言わせない石壁のような口調で言って、土浦監督は私と穣司を口型に配置された長テーブルの、詩音の向かいにあたる位置へ座らせた。自分は私たちの両方から等しく距離を取った席に座る。

衣装担当者から数枚のプリントが渡された。

紙面に目を落とし、どっと背中から汗が出た。詩音が出したデザイン画と、私が出したデザイン画、さらに両方が提出した、映画でキーとなるいくつかのアクセサリーの写真、そのすべてが映画の時系列に沿って並べて印刷されていた。基本的に未公開のデザイン画は極めて内的なもので、関係者以外には見せないし、当人の許可もなく他ブランドの人間に見せるなんてルール違反だ。

ぎょっとするし、見ることに対するタブー意識すらあるのに、おそるおそる覗いた詩音のデザイン画は懐かしかった。シンプルでタイトな衣服に、スワロフスキーや半貴石を用いた主張の強いアクセサリーを配置して、優雅さと遊び心が混ざった都会的なスタイリングを提案している。差し色の使い方が抜群にうまい。この人のコーディネイトが好きだったな、と思う。相変わらず挑発的で、自信にあふれている。

私の方は七宝焼きアクセサリーの専門店を営んでいる知人から映画と相性の良さそうな作品をいくつか借りて、ざらざらした風合いやビビッドな色彩を引き立てるよう、編み目の粗いニットや洗いざらしのシャツを用いたカジュアルなコーディネイトを提案した。短い期間で、詩音の抜けた穴を埋めようと、精いっぱい頑張った、と思う。

頬杖をついた土浦監督が、どこか気だるげに口を開いた。

「まあ、二人とも見させてもらったわけだけど……えー、真砂さん？」

「はい」

「やっぱり七宝焼きって感じじゃないんだよな。これって子供が理科の実験とかでやるやつだろう？　玩具みたいっていうか、泥くさいっていうか。女の子同士の品のいいエロスのキーアイテムにするなら、やっぱりきらきらした透明のやつがいいよ。服も……なんでこんな女に見られることを諦めたおばさんっぽい服にしたんだ？　肌を隠しすぎだし、色気がないし、体のどこを目立たせたいのか全然ピンとこない。なんなの、全体すっぽり、どこかに隠れたいの？　それなら迷彩服でも着てなさいよ」

は、と鼻で笑われる。言われた内容を理解するのに、三秒かかった。

なんて、なんて乱暴な決めつけだろう。確かに『キャンディシンドローム』は、美しいグラビアアイドルと彼女に惚れ込んだジュエリーデザイナーの、女性同士の恋愛を描いた映画だ。裸になったアイドルの体を、主人公であるデザイナーが手作りのジュエリーで飾っていく、といった官能的なシーンも多い。だけどそのアクセサリーが、七宝焼きでなにが悪い。あれがどれだけ繊細で奥深い世界か、なにも知らないくせに。女の子同士の恋愛は、きらきらと透明であるべきだとでも言うつもりか。

そして、女に見られることを諦めたおばさんの服？

全身からさあっと血の気が引き、代わりに手足の隅々まで、赤黒い屈辱がふくらんで張り裂けそうだ。苦しくて息が出来ない。土浦監督はちらりとも表情を変えずに私の顔を見つめている。

ふと、視界の端で、詩音がこちらを見ているのに気づいた。まるで小さな飴でも口に含んだように、頬がゆるんでいる。

それを見た瞬間、私は一体どんな顔をしていたのだろう。

土浦監督は、続けて詩音に目を向けた。

「まあだからね、予定通り遠藤さんにお願いしようと思うんだけど……あなたのもね、なんていうか印象がきついよねえ。アクセサリーはいいんだけどさあ、もっとふわっと優しい感じに出来ないの？　こんなツンケンした偉そうな服を着た女、誰が好きになるの。せっかく旬の女優に着せるんだから、客が夢を見られるような隙を作らなきゃ。そんな発想すらなかったでしょう。だからいい気になった女のクリエイターってのは視野が狭くていやなんだ。イケてる私を見て！　ってそればっかりでさ。その辺り、追って長田と相談するように」

土浦監督の隣に座る、同世代の無精ひげを生やした男性が黙って顎を引いた。向かいに座る詩音の顔が、みるみる青ざめて強ばっていく。

自分を捨てた、美しく自信にあふれた詩音の世界が乱暴に否定されて、私は今、どんな顔をしているのだろう。

会議室に、びりびりと肌が痺れるような沈黙が降りた。土浦監督は頬杖をつき、厚ぼったい奥二重の目でじっと私たちを眺めている。詩音はうつむき、配られたプリントの端を親指の腹でこすっている。

ああ。

こんな仕事こちらから願い下げだ、と席を立つ勇気が欲しい。

だけど、怖い。大御所相手にそんなことをしたら、悪評が広まって二度とこの業界から仕事をもらえないかもしれない。怒鳴ったら、醜態を見せたら、リズの名前に傷が付く。いや違う、そんなのは言い訳だ。

怖い。単純に、これほど容赦なく他人を否定する、この男に口答えをして怒らせるのが怖い。力を持っていることも、二回りは年上であることも、体格がいいことも、この場所が彼のテリトリーであることも、やたらと怖くてなに一つ文句が言えない。舌が私を裏切って、ご指導頂きありがとうございます、また別の機会にでもぜひ、などと逃げたがる。

自分を守れない。戦えない。

空っぽの手を机の下で握った。なにか、握りしめられるものがあったらいいのに。土浦監督はどうして同業者の目の前で吊し上げるような、グロテスクなことをするのだろう。

その瞬間、なんだかつい最近、こんな場面を見たことがある気がした。こんな風に女の子が、恥……屈辱？　を、受けて、黙り込む、ひりひりした一時。なんだったっけ。昨日の夢？　テレビドラマ？　読みかけの小説？

――脚本？

先ほどの衝撃とはまた違う、熱い湯のような怒りがぐるりと体を巡った。

「あのー」

それまでずっと黙って成り行きを眺めていた穣司が、間の抜けた声とともに手を上げた。

「要するに、僕たちは失格ってことですよね。もう帰っていいですか」

ぱりん、と音を立てて、その場を押さえつけていた透明な板が砕けるのを感じた。土浦監督はうっすらと笑い、「お好きに」と手のひらでうながした。私たちはまだ青ざめている詩音を残し、荷物をまとめて席を立った。

戸口で、私は振り返って監督に深々と頭を下げた。

「本日は丁寧なご指導を頂きありがとうございました。今回はご縁を頂けず誠に残念でしたが、またなにか別の機会がございましたら、ぜひお声がけ頂きたく存じます」

顔を持ち上げ、表情筋を総動員して、微笑む。

これ以上、一秒だって傷ついた顔を見せるものか。

「似たようなシーンがあるんだよ、『キャンディシンドローム』に。グラビアアイドルの方がね、深夜枠だったか、とにかくエロい感じの生放送番組に出た時に、それまで自分の美点だと思っていた特徴を、ライバルの女の子たちの前でMCのお笑い芸人からぼこぼこにけなされて、でも本番中だから泣くに泣けない、みたいなシーン。あの人、私や詩音がプライドを傷つけられてどんな顔をするのか、お互いのそんな姿をどんな顔で見るのか、めちゃくちゃ観察してた」

「とんだゲス野郎じゃないか」

「どっちかっていうと、ゲスより外道かな。自分がなにをしてるのか、完全にわかってやってるよ。善良に見られたいとか、そんな心を持ってたら絶対にとれない手段で勝ちに行く人。ああいうタイプには、なるべく関わらない方がいい」

「よくわかったなあ、プリンセス」

「秀久さんも、そういうところあるから。目つきでなんとなくね」

うっかり答えてしまい、一拍遅れて「プリンセスはやめて」と伝える。穣司はひょいと肩をすくめた。

「じゃあ、なんて呼べばいい？」

「歩でいいから」

「アユム」

呼び心地を確認するよう、ゆっくりと発声される。私は、行こう、と彼の名前を呼ばずに地下鉄を降りた。

＊

土浦の事務所を訪ねた日から、歩は塞ぎ込んでいた。事務所には顔を出すものの、一日中パソコンデスクで真っ白なスケッチブックを開いたきり、なにもしない。詩音の離脱からホームページは改装中、ネットショップの在庫も引き上げて、これまで仕事を依頼してきた外注先とのやりとりも絶えた。デスクの固定電話は滅多に鳴らない。事務所は水底のように静まりかえっていた。

唯一、いつのまにかここに住み着いてしまった男が、コーヒーを飲んだり雑誌をめくったりと些細なノイズを立てている。

「……マンションの水道管の工事、まだ終わらないの？」

「あー、もう少しかかるみたい」

へらへらと笑う男を、追い出す気力もないらしい。そう、と鈍く言って、歩はへたりとデスクに突っ伏した。

「歩、どうしたんだろう。元気ないね」

カリンが心配そうに言う。この紛い物は、まるで懐いた犬のように主人のことばかり考えている。歩に見出されるまで自我がなかったのだから当然なのかもしれないが、数多の人間の手を渡り歩いた私からすると、その世界の狭さ、純度の高さが、時々愚かしくもうらやましく思える。こいつはまだ、自分がたった数百円で買われた、歩を含めた多くの人間にとってカットソーの襟ぐりを飾る程度の価値しかない安物の樹脂パールであることを知らない。なにも気にせず、なにも恐れず、ただ歩を好きでいる。

「どうせ誰かに手酷くやられたのだろう」

「かわいそう」

「はん」

どうでもいい。どうせ歩は秀久の子飼いでいる限り、食い詰めることはないのだ。それよりも警戒すべきは、突然転がり込んできた大男の方だ。

「あいつは怪しいぞ」

「そうなの？　具合が悪くなってここにきたんだよね？」

「初めて来た日のことか？　あいつは酔ってなんかいなかった。足の運び方と呼吸の間隔でわかる」

リズと一緒に掃いて捨てるほど酒飲みを見てきた私だ。酒に強い人間も、弱い人間も、それで死んだ人間も山ほど知っている。この男は典型的なザルの呼吸だった。

「一体なにを考えている」

大男は涼しい顔でソファに寝そべり、スマートフォンをいじっている。


金曜日、歩が夕方に自宅のアパートへ引き上げると、大男は動き始めた。過去に展示会で使った鞄や小物、アクセサリー等がしまわれたキャビネットを開き、スマホの画面と見比べながら物色している。ふうん、と鼻から息を漏らし、二十分ほどで扉を閉じた。

「五万いくかいかないか……うーん」

デスク回り、本棚、在庫を詰めた棚など、物にあふれた八坪のオフィスを歩き回り、うろうろとなにかを探している。やがて首筋を掻きながら、はあ、と息を吐いた。

「やっぱりお前が一番高いのかな。有名人のおばあさまが大事にしてた黒真珠なんだろう？　左右どっちだかよくわからないけど」

唐突に、私たちがつけられたテディベアの額をつつく。

「エンペラーの孫ならもっとうまくやってると思ったんだけどな。こんなものかあ」

よくわからないことをぼやきつつ大男は流しで顔を洗い、ワックスで髪を整えていく。知らないうちに持ち込んだボストンバッグを開け、青紫の襟付きシャツにブラウンのズボンを合わせて小綺麗に身なりを整えた。

最後に私たちを振り返り、でかい手をぬっと伸ばして鷲づかみにする。

「あ、お前、ここに入るか。女の子にウケそう」

私たちは大男のスーツの胸ポケットに、頭だけ出してしまわれた。


「なに、え、どういうこと！」

「私にわかるわけないだろう！　だ、だ、黙っていろ！」

「わーい！　カリンね、お外出るの初めてっ。穣司ありがとう！」

「馬鹿、礼なんか言うな！」


大男は通勤客で混み合う地下鉄に揺られ、まるで人間の頭で黒い海原を作ったような、混雑した巨大な駅で降りた。迷いのない足取りで改札を抜け、駅からほど近い雑居ビルを訪ねる。

そして気がつくと、私たちは安っぽい長机に転がされていた。

丸い、硬貨ぐらいの大きさのガラスが目の前にある。その奥には、生々しく濡れた人間の眼球。針のような視線が真珠層を這い、更なる内部へもぐり込もうとする。

「うーん、向かって左側が黒蝶真珠、右側が樹脂パールだな」

私たちを検分しながら、宝石鑑定士の男は言った。へええ、と大男が感心したような声を上げる。

「それで、いくら？　スターが生涯大事にしてた天然真珠だ。けっこうなもんだろう？」

「天然真珠？　そんなものが簡単に見つかってたまるか」

「ほんとだって。スターの血縁者にもらったんだから」

「もらった、か」

じろりと白髪交じりの男は大男を睨みつける。

「どうせ、またどこからくすねてきたんだろう？　お前の自称恋人とやらに商品を返せと乗り込まれるのはもう真っ平だ」

「ひどいなあ。あの時はちょっとした誤解があっただけだよ」

「き……き、き」

「穣司とおじさんのお話、むずかしいねえ……キシ？」

「き、貴様あああ！　呪いあれ！　滅べ！　没落しろ！」

「キシ、どうしたの？」

「私を売り払うだと？　死ねえ！　ふざけるな、私はずっと歩のところにいるんだ！」

「リズに見つけてもらうんだ！」

「落ち着いてー！」

ルーペを外した鑑定士の男は、ため息交じりに肩をすくめた。

「本当に天然ものの黒蝶真珠、しかもこのサイズなら三十万はくだるまい。裏側の加工が気になるところだが、条件が良ければそれ以上も見込める」

「ひゅー！」

「だが、それなら鑑定書を持ってこい。外見で天然と養殖を判別するのは困難だ。こうして加工され、使用されてきた以上、必ずどこかにあるはずだ」

「あ、鑑定書か……それは考えてなかったな」

「鑑定書がないなら、養殖と見なして買い取る。まあ、ピーコックグリーンもよく出ていることだし……おまけして一万だな」

「え、それは困る！」

ぱっと大男はテディベアを握りしめ、大事そうにスーツのポケットへしまった。

「鑑定書を探してまた来るよ」

「探して？　もらったんじゃないのか？」

「あはははは」

へらへらと笑って、大男は小さな店を後にした。

私の呪いに気づくこともなく、大男は軽い足取りで都心の雑踏を進んでいく。途中、家族で食事をしたのだろうファミレスから出てきた小さな子供が、ポケットから顔を出した私たちを指さして「くましゃん」と言った。おう、くまだよう、と大男は愛想良く手を振る。

やがて大男は、大通りから一つ路地に入った先の小さな飲食店に入った。大きな生ハムが置かれた木製のカウンターに、テーブル席が三つ。壁にはずらりとワインの空き瓶が飾られている。店内は席の七割が埋まり、和気あいあいとした柔らかい空気で満たされていた。

黒いバンダナを頭に巻き、カウンター内で調理をしていた厳つい感じの男前がいらっしゃい、と顔を上げた。大男を見て、つまらなそうに片眉を上げる。

「なんだ、お前か」

「どうもー」

「またタダ飯食いに来たのか」

「えーっ、ちゃんと金、持ってきましたって。グラスの赤と、赤身の肉焼いたのと、温野菜ください」

「座ってろ」

うながされ、大男は大人しくカウンター端のスツールに腰を下ろした。テーブル席で盛り上がっていた男女の一人が、大男の背中をぽんと叩く。

「穣司！　元気か？」

「あれ、みなさまおそろいで。撮影帰り？」

「そうだよー。穣司最近こっちの現場来ないねえ」

「社長が行かせてくれないんだよ。俺より売り出したい若いのがいるってさ」

「あちゃあ」

「真砂さん、中堅への当たりきついからねえ。パールライトで三十過ぎて残ってる人、ほとんどいないでしょう」

「他の事務所に移るとか、考えてるの？」

「うーん……どうかな」

大男は歯切れ悪くうなる。すると、テーブル席の女が、あ、とすっとんきょうな声を上げた。

「なにそのくま！　かわいい！」

「あ、いいだろこれ。新しい勤め先のマスコット」

「なにそれ」

「うちのエンペラーの孫娘のアパレルブランド、手伝ってるんだ。『no where』って知らない？」

「メンズ？　そこで専属モデルやるってこと？」

「いや、レディース」

「お前やることないじゃん」

どっと笑いが広がった。大男も一緒に、肩を揺らして笑う。すると、女の一人がスマホを操作し、ああ、と頷いた。

「展示会で見たことあるよ。大人しくて上品な感じのとこでしょ。お母さんが娘に着せたい服ナンバーワン！　みたいな。アクセサリーはちょっとトゲがあって目立ってたけど……えー、こんなとこであんたなにやるの？」

「なにやるのがいいんだろうなあ。食えればなんでもいいんだけど。……ちなみにイノッチ、『no where』の服、持ってる？」

「まさか。あたし、私服はパンクだもん。それにこんなにシンプル、つか個性がないなら、もっと安いのよそで買えるし」

「だよな。レイラは？」

「私は海外ブランドがほとんど。せめて、もっと変わった色や柄でも入ってないと着る気になんない。インスタ映えを維持すんのも大変なんだよ？」

「出た、インスタ映え！」

イノッチの向かいに座る男の一言で、再び笑いが起こる。大男は口に手を当てて考え込んでいた。

「まあ、少なくともあたしらみたいなのが着る服じゃないよ。もっと……んー、普通の、どっちかっていうと目立つのがいやってタイプの子が着るんじゃない？」

「そうかー……ばあちゃんと同じ、きれいな人に着てもらいたいって思ってるみたいだけど、ま、実際はそんなもんだよな」

「ん？　なに？」

「いや、こっちの話」

「お前ら他のお客さんもいるんだから、もう少し静かに食ってくれ」

先ほどカウンターに入っていた黒バンダナの男が、大男の食事を運んできた。大男も、テーブルの男女も、叱られてひょいと首をすくめる。

「はーいせんぱーい」

「鹿倉せんぱーい、ワインおかわりくださーい。あと、生ハムとオリーブも追加で」

「はい毎度」

どうやら大男とテーブルの男女は同じモデル仲間で、さらに黒バンダナの男はかつて彼らの先輩であったらしい。

それからも黒バンダナの知人らしいファッション業界の関係者がちらほらと来店し、そのたびに大男は食事の手を止めて、今の自分の境遇と『no where』について意見を求めた。そこで耳にしたのは、十分に私たちを落ち込ませる内容ばかりだった。少なくともこの店を訪れる客の中には、たとえ『no where』の名は知っていても、実際に服を買ったことがある人間は一人もいなかった。

「……でも実績を見る限り、毎月一定数は売れてるんだよなー。誰が買ってるんだ？」

気がつくと、外に客が並ぶほど店は混み合っていた。食事を終えた大男は、黒バンダナの男から似たようなバンダナと前掛けを借り、慣れた様子で料理運びと皿洗いを手伝い始めた。二時間ほど働き、金は持ってきたと言っていたくせに、首尾良く料理の代金をチャラにしてもらって店を出る。

「お前、このあと暇か？　マツオとイノッチがいつものアイリッシュパブにいるってよ。合流したらどうだ」

黒バンダナの呼びかけに、大男は首を振った。

「今日は実家に寄らないと。妹の誕生日なんです」

「なんだそりゃ。そんな大事な日なら、こんなところで時間潰さずにさっさと帰ってやれよ」

「あはは、それじゃ」

開いた手を左右に振って、大男は再び夜の街に踏み出した。

駅にほど近い果物屋で財布を開いて迷った挙げ句、赤紫のネクタリンを一盛り買う。混雑した電車に二十分ほど揺られ、よく整備された大型の駅で降りた。駅前には公園と、品の良い住宅街が広がっている。

大男の実家は、白を基調にした二階建ての洋風建築だった。周囲の家の中でも一際大きく優雅で、ウッドデッキと煙突付きの石窯までついている。広いガレージには幅広のスポーツカーが二台、悠々と誇らしげに宝石めいた車体を光らせている。大男は門扉を開き、玄関の鍵穴にキーチェーンで束ねた鍵の一つを挿し込んだ。そうっと、音を立てずに回転させ、扉を浮かせる。

薄暗い玄関に滑り込んで間もなく、じょうじ、と密かな声が呼びかけた。明かりの灯ったキッチンから、紺色のナイトガウンを着た白人の中年女性がやってくる。目を引くほどに白い肌と、柔らかいパーマをかけた栗色の髪。大男の瞳も少し明るい焦げ茶だが、女はさらに透明度の高い、黄緑に近いはしばみ色の瞳をしていた。

「ママ、ただいま。あの人は寝てる？」

「ええぐっすりよ。来てくれたのね穣司。でもごめんなさい。珠理《じゅり》がまだ帰ってないの」

「こんな時間なのに？」

「ダンススクールの子たちがバースデーパーティをしてくれることになって……あら」

カツコツと鋭角的な足音に続き、玄関の扉ががちゃりと開いた。

「ただい……」

入ってきたのは、ライトブルーのシャツワンピースに白いハイヒールを合わせた十代後半の少女だった。長身で肩幅が広く、水泳選手を思わせるがっしりとした体つきをしている。少女は大男を見つめ、ぎゅっと眉間にしわを寄せた。

「なにしにきたの？」

「なにって、誕生日だろう？　ほら」

「……ネクタリン？　バカにしてるの？」

「前はよく食べてたじゃないか」

「私がダイエットのためにダンスしてるの知ってるでしょう。そういう無神経なところ大っきらい！　こんなものくれるぐらいなら、リリコとかレイラのグッズもらってきてくれたら良かったのに！」

「しーっ。あんまり騒ぐと父さんが起きるだろ。それならそうって早めに連絡くれよ。そしたらもらってきたのに。……珠理、まだ学校行ってないんだって？　どうしたんだよ」

「ほっといてよ……もう、ほんと、お兄ちゃんきらい……」

少女は顔を歪め、ふいに涙を落とした。

「私が今までに何回、兄貴はイケメンなのに妹はブスって言われたと思ってるの？　ハーフらしくないとか、痩せたらモデルになれるよとか……わけわかんない。別にモデルになりたくない。たくさん勉強して、ママみたいにお薬を作る仕事がしたい。なのになんで、見た目のことばかり……とにかくお兄ちゃん、私のそばにこないで」

「いいか、珠理は美人だ。大人になれば、どんなモデルよりきれいになる」

「そういう問題じゃない！　いつも心にもないぺらっぺらなことばっかり言って、ぞっとする……早くいなくなって。パパに言うよ？」

「わかった。また来るから……」

大男はなにかを言いかけて、ふいに言葉を止めた。自分の妹の出で立ちを食い入るように見つめる。

「これ……そうだ、チェストの中にサンプルで……なあ珠理、この服ってどこのだ？」

「なに、いきなり言われてもわかんないよ。通販でまとめて買ったから」

「タグ見せて」

「なんなの！　ちょっと」

いやがる珠理の襟首に指を差し入れ、大男は見覚えのある藍色のタグを引っ張り出した。白い字で、シンプルにブランド名のみが印刷されている。

「『no where』……珠理、このブランド好きなのか？」

「え……ああ、うん。そこの服なら、何枚か持ってる」

「なんで買ったんだ？　仕事絡みなんだ、教えてくれ」

「……えー……」

少女は少し言いにくそうに顔を歪めた。

「……Lサイズが、ちゃんと大きいの。丈もあって、幅もあって、他のブランドみたいにお腹をへこませて無理に着なくてもすっと体に合う感じ。あと、なんていうか……かわいくないから」

「かわいくない？　それって、いいことなのか？」

「かわいい服って、かわいく着なきゃいけない感じ、しない？」

「なんだよそれ。そんなこと気にせず、好きな服を着ればいいだろう？」

「……まあ、お兄ちゃんには一生わからない話だよ」

軽蔑するように目を細め、少女は肩をすくめた。

「とにかく、さっと着るだけできちんとする感じがして、なんだか気が楽なの。……そんな感じかな」

「わかった。いや、わかんないけど……ありがとう」

玄関の扉に手をかける大男に、じっと話を聞いていた母親が声をかけた。

「穣司……パパはああだけど、本当はあなたを心配してる。……帰ってこない？　私からも、言うから」

「ありがとう。でも俺は、会社は継がない……というか、継げないよ。そういう立派なことは、もっと向いている奴がやるべきだ。おやすみママ。珠理、またな」

実家の扉を閉め、駅に向かって歩き出しながら大男は早々にスマホを取り出した。親指で画面を操作し、どこかに電話をかける。

長いコールのあと、はい、とくぐもった女の声がかすかに漏れ聞こえた。

「歩？　俺だけど。うん、穣司」

歩！　とずっと黙り込んでいたカリンが嬉しそうに叫んだ。

「おうちに帰りたいよー！　もうお出かけやだー！」

「黙ってろ、聞こえん！」

「うん、こんな時間にごめんな。えーっと……」

大男は駅の建物を見上げ、しばらく考え込んだ。

「あのさあ、リズに認めてもらえるような服を作るんじゃなくて、この服を着たら自分はリズに負けないっていう服を作った方がいいんじゃないか？　そうしたらあんただけじゃなく、あんたの服を信じる客は、みんながリズに勝つんだ。みんな……そう、みんなだ。自分一人のどうこうじゃなくて、もっと大きなものにつなげていった方がいいよ」

なんの話！　と混乱した悲鳴が聞こえる。大男はからからと喉を鳴らして笑った。

「あと、終電逃しちゃった。ごめん、もし酒飲んでなかったら車で迎えに来てくれないか。事務所からそんな遠くないからさ」

「私を売ろうとするわ、タダ飯をせしめるわ、真夜中に他人を呼び出すわ……見事なクズだな」

「くず？　くずってなあに？」

「価値のないもの、という意味だ。そら言ってやれ、クーズ！」

「クーズ！」

しかしこのクズが、財部がリズを変えたように、歩を変えるのだろうか。

歩が来るまでの三十分間、ベンチに腰かけ、鼻歌交じりに足を揺らす大男を、私たちはクズクズと罵り続けた。

3

永遠にこの夕暮れを歩いていたい。

時々、そんなことを思った。このけっして夜が訪れない幸福な海辺を、大好きな存在と指を絡ませ、いつまでもいつまでも歩き続けたい。

「そんなことできないってわかってるくせに」

生温かい海風に長い髪をあおられながら、少女のリズは呆れ顔で目を細めた。勇敢で美しい彼女は、いつだって正しいことを口にする。私のように怯えて口ごもったり、粗を隠したり、嘘をついたりする必要がそもそもないのだ。

「夜が来るわ。いつか必ず、一人で歩き抜くしかない時間はやってくるのよ」

「一人になったら、ばれてしまう」

「なにが？」

「私がなんにも持っていないこと。リズの孫として失格だってこと」

「ばれるってなによ。誰にばれるの？」

「わからない。……世間？　んん、みんな、かな」

「ばれたらどうだっていうの」

「馬鹿にされる」

「自分でもよくわからないものに馬鹿にされたくなくて、あなたは私を追いかけてるの？」

少女は冷たく目を細める。視線に耐えられず、私はどぎまぎと目を伏せた。

「リズは私が産まれたとき、どう思った？」

「嬉しかったわよ、もちろん。家族が一人増えたんだもの。私と麗菜とあなたの三人で暮らすのは楽しかった。私も麗菜も、産んだ途端に夫に逃げられるなんて笑っちゃうような男運の悪さだったけど、それを差し引いてもおつりがくるくらいの日々だった。あなたにとっては、そうじゃないの？」

ねえ、と少女は言葉を継いだ。

「そんなに苦しませてしまうくらい、私の愛情は足りなかったの？」

「違うよ、そうじゃない。私はあの家で幸せだった。でも……」

空と海がみるみる色を深めていく。ひゅう、と耳をなぶる強い風が、少女のワンピースをはためかせた。

「もしもただの他人として出会ったら、あなたは私に価値を感じてくれた？」

こんなに光の乏しい夕暮れの中だというのに、あんまりに眩しくて、私には少女がよく見えない。

問いかけに答えないまま、少女は青黒い闇に溶け込んだ水平線を振り返り、夜だわ、と小さく呟いた。


車窓に映る駅名が一つ、また一つと路線図を進むたび、心臓をゆっくりと締めつけるような息苦しさが増していく。まるでお化け屋敷だ。この先に、怖いものが待っていることを知っている。

私の緊張をよそに、この事態を招いた男は涼しい顔で電車のドアにもたれ、のんきに外を眺めていた。秋晴れの水曜日。透明度の高い爽やかな日差しに染まった街は、どの路地を進んだとしてもいいことが待ち受けていそうな明るい予感に満ちている。どうしてこんな美しい日に、わざわざ秀久さんの事務所へ赴かなければならないのだろう。

「……本当に、意味があるの？」

これまでにも繰り返した問いを、ぽつりと投げかける。こちらを振り向いた穣司はゆっくりとまばたきを刻み、え、と驚いた素振りで目を丸くした。

「まさか、まだ考えてたのか？　むしろ歩はどうして意味がないなんて思うんだ？」

率直な問いかけにうまい答えが見つからず、私はもどかしく沈黙する。

あの夜に穣司が一体なにを見て、なにを考えたのかはよくわからない。

ただ、夜中に私を運転手として呼び出した彼は、奇妙な確信とともに「ブランドのコンセプトを変えるべきだ」と主張した。

「歩はおばあさまのためではなく、自分のための服を作るべきだよ」

「だから、なんの話？」

「おばあさまに実力で選んでもらえるようなクリエイターになりたいって言っていたね。きっと誰かとても好きな人を目印にしていると、その人の周辺から離れられなくなるんだ。君はもっと、おばあさまが考えもしなかったようなフィールドに勇気を持って踏み出すべきだ」

「……そんなこと言われたって」

急に壮大なことを言われても、頭が真っ白になるだけだ。ハンドルを握りながら黙り込むと、助手席で眠たげにまばたきをしていた穣司はゆったりとした口調で言った。

「こういうときは、手持ちのカードを見直すといい」

目当ての駅に到着し、車内の生暖かい空気と一緒に薄暗い地下鉄のホームへ流れ出す。

「リズから離れろって言うくせに、リズのことを調べろなんて、矛盾してない？」

「歩、その二つはぜんぜん違うことだよ。知るっていうのは、その対象との距離を測ることでもある」

私がどれだけリズに劣っているか、直視しろということか。半歩先を行く男の横顔を睨みつける。穣司は慣れた足取りで改札を抜け、階段を上って地上へ出た。

秀久さんの事務所『パールライト』は、麻布十番の駅から十分ほど歩いたところに四階建ての自社ビルを持っている。三階にスタジオがあって、私も何度か衣装を届けたことがある。

出入り口の左手に設けられた小さな受付で、穣司は伊藤鈴蘭の名を出した。秀久さんの秘書だ。おかっぱ頭で目がくりっとした、アイドルだと言われても違和感のない可愛らしい受付嬢がにこやかに応じる。

「木暮さんと、真砂歩さまですね。承っております。二階の第三資料室へどうぞ」

「どーも」

「あと木暮さん、鈴蘭さんから、終わったらカードキーを返却するよう伝言が届いています」

「うーん、まだ荷物運び終わってないんで、少し待ってって伝えて」

「かしこまりました」

一階には受付の他、革張りの二人がけソファが向かい合わせになったテーブルセットが二組と大きな観葉植物、所属するタレントや俳優が出演した作品のポスターが所狭しと貼られた掲示板が設置されている。墨を流したような複雑な文様を描く御影石の床を歩き、奥の壁面に二つ並んだエレベーターを呼ぶ。

「さっきの、カードキーって？」

「うん」

気になったことを聞くよりも早く、エレベーターの扉が開き、中から四、五人の若い男女が降りてきた。談笑していたのだろう、誰も彼も口角に微笑みが残っている。しかし彼らは私の傍らに立つ穣司にすっと視線を集めると、急に真面目な顔をして去って行った。

かご室に乗り込み、二階を示すボタンを押す。

「実は俺、先月で事務所との契約、切れたんだよ」

「えっ……ど、どうして？」

「どうしてもなにも、単純に仕事が来なくて更新してもらえなかった。俺より顔が良くて見せ方のうまいやつ、たくさんいるからなあ」

「……こんなにきれいなのに」

呟くと、穣司はぶは、と噴き出した。背中を丸めて笑い続ける。

「そんなに笑わなくても」

「いや、久しぶりに言われたから」

「え？」

「あとで、俺の昔の写真を見せてあげる」

口元をにやにやさせ、穣司はエレベーターを降りた。時々すれ違うスタッフに会釈をしつつ、グレーのカーペットが敷かれた細い廊下を曲がり、奥まった位置にある資料室に向かう。扉横のパネルにおそらくカードキーが入っているのだろう定期入れを触れさせると、ピ、と小さな音を立てて鍵が開いた。

二十畳くらいありそうな広々とした室内には、大人の背丈ほどの高さのスチール棚がドミノを連想させる間隔の狭さと乱れのなさで配置されていた。中にはＣＤやＤＶＤ、レコードといった記録媒体がぎっしりと収納されている。さらに部屋の三分の一は大きな衣装棚や箪笥で埋まっていた。どうやら往年のリズの衣装がしまわれているらしい。

「すごいね……秀久さん、こんなに几帳面に保管してたんだ」

「なんか昭和のスターにまつわる本を書くとかで、改めて整理したらしいよ。リズさんや一番初めのマネージャーが持ってたプライベートな写真、デビューのきっかけになったオーディション番組の映像もどっかにあるはず」

「ここで、なにを探したらいいの？」

「そんなの俺にわかるもんか」

「え」

「まあ、ゆっくり見てみよう。ここには一人の女の子がスターになるまでの道のりが詰まってるんだ。みんながみんな、この部屋に入れるわけじゃない。もちろんこの事務所の関係者も、ちゃんとした理由とエンペラーの許可がなきゃ入れない。だからこの部屋にあっさり入れること自体、君の強みの一つなんだ。確認しておいて損はないさ」

「本当に……思いつきだけで生きてるよね」

「俺は逆に、歩がここに来たことがないって聞いてびっくりしたけどなあ。そんなにも自分の出生に縛られてるくせに、どうしてちゃんと知ろうって思わないんだ？」

「だって、知ったたって別になにかが変わるわけじゃないもの。おばあちゃんが……真砂リズが容姿と歌の才能に恵まれた天才で、観ようと思えばいくらでも、夢みたいにきれいな姿で歌ってるコンサート映像がネットにアップされてて、それ以外の一体なにを知らなきゃいけないの？」

「その天才の孫に生まれるってのがどういうことか、じゃないか？」

「そんなの、いやってほど知ってる」

「どうかなあ。たぶんそれを知らない、というか、自分のなかで整理できてないから、歩はリズさんの資産をうまく使えないんだと思うぜ？　人脈も、ネームバリューも、事務所のあのテディベアとかもさ。もともとはリズさんのブローチだった有名な黒真珠なんだろう？　ブローチそのもののデザインが古くなるのは仕方ないとして、新しくアクセサリーを仕立てればいいのに」

「……あなたにはわからないよ」

「うん、まあ、俺はわからないのかもしれないけど、とりあえず『no where』をなんとかしようよ。どうせ今、机についてもぼーっとしてるだけだろ？　参考になるものがないか探してみよう」

幸いリズが出演した番組のなかでも特に評判の良かったもの、メモリアルなもの、なにかしらの話題を呼んだものはＤＶＤケースの背に目印の赤いテープが貼られていた。貸し出し依頼が多い映像として、わかりやすくしてあるのだろう。

「あ、紅白初出場って書いてある。こっちはデビューのきっかけになったオーディション」

「じゃあ、赤いのぜんぶ借りようか」

貸し出しを希望する資料の番号を台帳に書き留め、持参したトートバッグに赤テープがついた十数枚のＤＶＤを詰めていく。続いてリズの衣装だったり、初期のレコードだったりを覗いていると、ピ、というかすかな電子音に続いて資料室のドアががちゃりと開いた。

ざくざくと粗く編まれたオフショルダーのグレーのニットに、シルエットがルーズなデニムを合わせ、まっすぐな黒髪を背中の半ばまで伸ばしたきつめの顔立ちの美女が顔を出す。秀久さんの秘書の鈴蘭さんだ。肉付きのいい人が着たら大柄に見えそうな、輪郭をふくらませるコーディネイトだけど、元モデルで高身長かつ痩せ型の彼女が着るとかえって体を華奢に見せる。歳は私や穣司より一回りか、それよりさらに上のはずなのに、美しい人の常で年齢がよくわからない。

「ああ、いた。ちょっと穣司、早く鍵を返して。ロッカーの荷物も箱詰めして送っちゃうからね。明後日にはもう次の研修生が来るの」

「えー、ちょっと待ってよ。まだ次の行き先が決まってないんだ。事務所関係で相談している人もいるし」

「待つわけないでしょう。部外者に、そうやすやすと鍵を持ってうろつかれたらたまらないわ。――歩さん、こんにちは。リズさんの資料が歩さんの役に立つ日が来るなんて嬉しいわ。社長も喜んでた。これ、ゲスト用のカードキー、いつでも使ってね」

「あ、はい」

私に真新しいカードキーを渡し、鈴蘭さんは隣で抵抗する穣司から容赦なくカードキーをむしり取っていく。

「いててっ」

「もう観念しなさい。時間はあったんだから、違う戦略を打ち出せなかったあなたの負けよ」

「わかってるさ！」

珍しく拗ねたように言って、穣司はカードから手を離した。鈴蘭さんは穣司のカードをポケットにしまい、きれいな微笑みを私に向ける。

「あのね、歩さん。理由を明かさずに寄ってくる人間をあんまり信用しちゃだめよ？特にあなたみたいな人は。痛い目をみたのだから、学ばないと」

「は、はい」

もしかして詩音のことを言っているのだろうかと背筋が冷える。穣司は不機嫌に顔をしかめ、猫でも追い払うように手を揺らした。

「もういいだろ、行ってくれよ」

「歩さんになにかあったら社長が黙ってないわ。この業界に残りたいなら、手癖の悪さを直しなさい。——まあ、難しいだろうけどね。あなた、努力が出来ない人だもの。この業界には向かないわ」

どこなら向いてるのか知らないけど、と薄笑いとともに言って、鈴蘭さんは穣司を睨みつけた。短い沈黙を挟み、カツカツとヒールを鳴らして資料室を出て行く。

鈴蘭さんがいなくなっても穣司は眉間にしわを寄せたまま、黙って近くの棚の端っこを見続けていた。静けさが痛い。二人でいるとき、会話のきっかけを作るのはいつも彼の方だった。話題がない。

違う、そういうことではなくて、これはあの時と同じだ。私は穣司が眺めている棚のそばに向かった。落ちた視線をすくい取るよう、腰をかがめて目を合わせる。厳しく引き締められていた穣司の顔が、驚きでわずかにゆるんだ。私もオフィス土浦からの帰り道、こんな顔をしていたのだろうか。

「あ、あんな言い方って、ない」

うまい悪口やちょうどいいトーンがわからず、まごついた。しかし言いたいことは伝わったらしい。穣司は目尻にしわを刻んで笑った。

「俺、あの人にきらわれてたんだ」

「驚いちゃった。鈴蘭さん、私にはいつも気さくなお姉さんって感じだったから」

「あの人は本物が好きなんだよ。優れた本物と、素晴らしい仕事をたくさんしている。入社したばかりの頃にリズのコンサートを手伝ったこともあったらしいぜ?」

穣司はそう言って、スマホを取り出した。しばらく画面を人差し指でいじり、おもむろに私の方へ向ける。

「これ、十四の時の俺」

それはアメリカンカジュアルな子供服ブランドの宣伝写真だった。場所はどこかの自然公園だろうか。遠景に山が望める広い野原の中央で、紺のパーカーのフードを被った男の子がこちらをそっと見つめている。

その子と目が合った瞬間、まるで強い力で握り込まれたみたいに意識のすべてがぎゅっと濃縮され、ものすごい速さで彼に向かうのを感じた。数秒間、なにも考えられなかった。光がさあさあと通り抜けているような、明るく澄んだ顔立ち。目尻がほのかに持ち上がった涼しげな眼と、すらりと通った鼻のバランスが素晴らしく、少し厚めの唇が全体の印象を柔らかくしている。どこにも癖がないのに、一度見たら忘れられない。その子は完璧だった。ただの美しさではない、リズと同じ、なんらかの奇跡が彼には宿っていた。

「……え？」

我に返り、男の子から目線をもぎ離して穣司を見る。

なんてことだろう。あんなに美しいと思っていた穣司の顔が、鼻が大きく唇の主張が強すぎる、下品でいびつなものに感じられた。私の目は一体どんな感情を彼に伝えたのか。穣司は少し笑って、ひょいと大きな肩をすくめた。

「俺、成長期がちょっと遅かったんだよ。五年くらい前かな、十代の終わりに一気に身長が伸びて、顔つきも変わって、その頃から言われ始めたわけさ」

「……え、なにを？」

「劣化。すごいよな、劣化だぜ？　人間に向ける表現だとは思えないよ」

かり、と小さく音を立てて穣司は親指の爪を噛んだ。

「たぶん、そこから立て直さないといけなかったんだ。でも、うまく行かなかった。取り引き先はみんな、昔の俺を知ってる人たちばかりだ。今の俺にちょうどいい演出をいくつか試してみたけど、はまらなかった。ぶっちゃけ、それまでが自然体だった分、無理なイメージ付けとかダサく思えて乗れなかった。俺には動かないものを動かすだけの執念が足りない、って一番キレてたのが鈴蘭だ。たぶん彼女の方が正しいんだろう。俺は本物になり損ねた」

「そんな……本物……本物なんて」

なにかを言いたかった。本物と偽物、その二つしかない道筋を否定したかった。だけど言葉が出てこない。穣司はゆるゆると首を左右に振った。

「余計なこと言った。早く資料をピックアップして出ようぜ。長居すると、また鈴蘭が来そうだ」

資料室を出て一階の事務所の出入り口に向かう間、すれ違うスタッフは誰も穣司と目を合わせなかった。受付の女性に会釈をして、厚いガラス戸を押して外に出る。

ひんやりと乾いた秋の風が首筋を抜ける。秀久さんとリズ、二人のテリトリーを離れ、ようやく深く呼吸ができるようになった。

なんか食って帰ろっか、といつも通りの軽い調子で言って周囲を見回す穣司に、声をかけた。

「よく、平気で来られるね、ここに。私にリズの資料を見せるのって、あなたにとってそんなに大事なこと？」

契約が打ち切られた元職場なんて、けっして行きやすい場所ではないだろう。もしかして、私をダシにしてまた秀久さんに働きかけようとしているのか。邪推しつつ顔を覗くと、穣司は不思議そうに首を傾げた。

「いや、別に大事っていうより、やれることはやっといた方がいいんじゃないのってくらいだけど。ここにリズの資料室があることは前から知ってたし。え、なに？　なんのこと？」

「だから、いやじゃないのかってこと。スタッフに無視されたり、鈴蘭さんにいやみ言われたり、もしかしたら陰口を叩かれていたり……少なくともあなたにとって居心地のいい場所ではないでしょう？　よくそんな軽い思いつきで来る気になったなって思ったの」

「そんなのぜんぜん、大したことじゃないだろ。歩がなんらかのヒントを得るかもしれない可能性と、天秤にかけるまでもない」

あっさりと言われて愕然とする。

私はいつだって、周りの人が自分をどう見ているか気にしながら生きてきた。一番太っていた小学一年生の新学期、有名人の祖母と私がまったく似ていないことについて、「拾われたんじゃねえの」というクラスの男子の軽口を聞いた時からずっとそうだ。黙り込んだ私に、穣司は少し考えてから言葉を足した。

「んん、ほら、俺はこの通り、昔からちょっと違うみたいな扱いされやすかったっていうか……なじめないで一人でぷらぷらしてる時期もあったから、もうあんまり気にならないんだ。そういうの」

「……え、きれいすぎて友達が出来なかったってこと？」

「前から思ってたけど、歩ってちょっと馬鹿なのか？」

穣司はあからさまな呆れ顔を浮かべ、はあ、とため息を吐いた。

「見た目でよそ者扱いされるんだよ。何人？　どこから来たの？　両親はどこで会ったの？　って、会ったばかりの他人がいきなり面接官みたいに質問してくるなんてしょっちゅうだ。日本人だって言ってもまともに取り合わない。大勢でパーティしそうだからだめ、とかわけのわからない理由でアパートの入居を断られたこともある。周りに海外と縁のある子が全然いなかった小学生の頃が一番ひどかったな。英語しゃべってみろってはやしたてられてさ。しゃべれねえっつの」

「……そう」

「君は美しさにとりつかれて視野が狭くなってる。俺に言われたくないだろうけど、もっと色んなことが世の中を動かしてるんだって、頭のど真ん中にしっかり張っておいた方がいいぜ？」

「覚えとく……」

私は、美しい顔の持ち主であること、以外の視点で穣司を見たことがあっただろうか。詩音のことも、そうだ。彼女の容姿ではなく、行動や目標に目を凝らして、正面から関心を持ったことが、あっただろうか。

申し訳なさから、夕飯にイタリアンをおごった。穣司は大喜びで若鶏の煮込みと塩漬けのオリーブとほうれん草のサラダを注文し、私もトマトとモッツァレラのパスタをつきながら、一緒に赤ワインのハーフボトルを空にした。

オリーブの小皿をこちらに寄せて欲しくて、なにげなく開いた口から、零れ落ちた。

「穣司、それとって」

あ、と思う間もなく、穣司が得意げに笑って小皿をこちらの手元に運んだ。妙な恥ずかしさがわいて、顔を見ずにオリーブを一粒フォークで刺す。

「ねえ、いつまで事務所にいる気？」

不思議なことに名前を呼んだら、しにくかった話がしやすくなった。気を許したわけではないぞ、と牽制するつもりで切り出す。色素の薄い頰をワインで染めた穣司は、へらへらと馬鹿っぽく笑った。

「実は家賃滞納しててさ」

「そんなことだろうと思った……」

「月末にバイト代が入るから、それまで待ってよ」

「え、バイトしてたの？」

「月火木はいなくなってただろう！　なんだよ、ほんとに歩は俺に興味がないんだな」

「なにしてるの？」

「イタリア料理教室のスタッフ。顔のいい若い男ばかり集めてるんだ、そこ。執事みたいな格好するの」

「うわ、うさんくさい……」

くだらない話で笑い続け、ほろ酔いで事務所に戻る頃にはずいぶん夜も深くなっていた。リズの資料を整理し、軽くデスク回りを片付けて帰り支度をする。

「それじゃあ、火の元には気を付けてね」

去り際に軽く声をかけると、穣司は少し驚いたような顔をした。

「それだけ？」

意味がわからず、それだけ？　とオウム返しにする。彼は苦笑いをして、ゆっくりと首を振った。

「なんでもない、また明日な」

＊

ここのところ朝に夕にと、事務所ではリズの映像が流され続けている。

「お姫様、きれいだねえ」

きらびやかなものが好きなカリンは嬉しそうだが、私はすっかり閉口していた。デビュー直後の年若いリズ、バラエティ番組でコントをやっているリズ、制服姿で青春ドラマに出演するリズ。数多の賞を獲得し一世を風靡したリズ、歌手活動のみならず、美貌を買われて女優としてスクリーンに映し出されたリズ。大粒の宝石を数珠つなぎにしたような彼女の記録。

「リズが塗り潰されていくみたいだ」

「え、どういうこと？」

「お前はこれを見て、リズはどんな女だと思う？」

「んー……げんき！　きらきら！」

「そうだろう。だが少なくとも私が共に在った真砂リズという女はもっと陰影が深かった」

「いんえー……」

「元気ではない、暗い部分もある、ということだ」

「えっと……歌ってるのは、お姫様のまがいものなの？」

「いや、ディスプレイに映っているのは確かにリズだ。ただ、こうして放映された映像ばかりを並べると、まるで彼女には迷いや恐れなど一つもなかったみたいじゃないか。リズは……彼女はいつだって自分を恥じていた。出来るものなら誰かの陰に隠れたくて仕方がないといった感じの、臆病さから逃げられない人間だった」

しかしそんな生身のリズの姿を知る者はもうどこにもいない。年月を経て残るのは、成功した歌姫としての虚像だけだ。

「思えば彼女は臆病だったからこそ、乱暴に、否応なく他人を振り回す財部との相性が良かったんだろうな」

「たからべさんって、どんな人？」

「財部は……そうだな、火の玉のような男だった。例えばリズをテレビに出そうと思ったら、番組のプロデューサーに昼夜を問わず張りつき続けるんだ。その間はなんでもやる。人脈をたぐって紹介を乞い、対象を捕まえたら何時間でもひたすらリズの良さを語りかけ、時に土下座し、時に物品を手配し、必要なら知り合いのやくざの手だって借りる。それでも駄目ならそいつの目の前で額が割れるまでテーブルに頭を打ちつける。俺はこの子に命を懸けている、と血まみれの赤鬼みたいな顔で凄む。狙う相手が五人いたら、まあ一人か二人の気の弱い奴は財部に負けて、リズを使わざるを得なくなる。そうしてじわじわと露出の機会が増え、リズの認知度は上がっていった」

デビューから二年が経った年の瀬、目標にしていた紅白出場が決まったときが、恐らくリズと財部の関係性のピークだった。ずっと、体がつながった一対の生き物のように行動を共にし、日本中のコンサートホールや公民館を駆けまわっていたリズと財部は手をとり合って喜んだ。

「ありがとうリズ！　最高の気分だ！」

それまで財部が用意する殺人的なスケジュールを文句ひとつ言わずにこなしてきたリズは目に涙を浮かべていた。日頃は財部に対して批判的な見方をする付き人の市河ですら、手を叩いてはしゃいでいた。

それからほんの数日後、新聞の文化面に、リズにまつわる小さな記事が載った。

当時、同紙で時代小説を連載していた人気の男性作家が、彼女について綴った短いコラムだった。タイトルは『愛とは後ろ暗きもの』。

それはファムファタル的なリズのキャラクターや、「片意地を張っていても心の奥底では男を頼りにせざるを得ない、いとけなく心弱い女の精神性が底に流れている」彼女の歌を「前時代的」としながらも「純度の高い男女の情愛を描いており醜くもいとおしい」と持ち上げ、さらには「この甘美かつ後ろ暗い相互依存の関係が日本人が元来育んできた愛の形で」と得意の歴史分野に紐づけて、「真砂リズは昨今の、時に過剰なくらい西洋的で暴力的な男女の平等化、もとい画一化の気運に対して一石を投じる、最後の後ろ暗き愛の歌い手である」と結論付けていた。

当時、すでに財部は元いた芸能事務所から独立し、リズを筆頭に数人の若手歌手を抱えた個人の事務所を所有していた。くだんの記事は事務所のスタッフに発見され、慌ただしく財部やリズのもとに届けられた。

「よくわかんない。私の歌が歴史的とか、すごく難しいことを書かれてるね」

それが記事を読み終えたリズの第一声だった。ファムファタルのキャラクター付けも扇情的で切ない歌詞も、なにもかも財部が用意した戦略的なものであることを理解していたリズは、だからこそそのキャラクターがすなわち真砂リズそのものである、といった記事の論調はピンと来なかったのだろう。

比べて、記事を一読した市河はみるみる顔色を青くした。

「……やっぱり、良くなかったのよ。これじゃあまるで、リズちゃんが社会を堕落させる悪い女みたいじゃない」

最後に記事を手にした財部はざっと文面を読み通し、短く間を置いてにやりと笑った。

「これから忙しくなるぞ。インテリが解釈を始めたらこちらのものだ。今まで必死で大衆が食いつきやすいイメージをばらまいてきたが、これからは真砂リズのイメージが勝手に独り歩きして広がっていく」

そんな、と市河は眉をひそめた。

「財部さん、このままリズちゃんを放っておく気？」

「まさか、このチャンスを逃すものか。――なあリズ、水着での撮影はだめっていう約束、いい加減外せないか。おふくろさんの言いつけだったっけ。でもお前のおふくろさん、とっくに再婚して新しい家庭を持ってるんだろう。成人した娘の仕事に口を出さないでくれって説得に行かせてくれよ。今水着になれば、確実に大手雑誌の表紙と巻頭グラビアはお前だ。出版社にも恩が売れる」

「……財部さん、ごめんなさい。水着だけはだめなの」

「そうよ、ここで変に露出度を増やしたらこの作家の思うつぼよ。リズちゃんのイメージが悪くなるばかりじゃない！」

「どうしてもか？」

財部のまなざしは動揺する市河を素通りして、まっすぐにリズへ向けられていた。リズは気まずそうに、小さく顎を引いて頷いた。

そして、物事は財部の予想通りになった。人気作家のコラムをきっかけに、リズは時代に対して反動的かつ背徳的な愛の歌い手という位置づけが成され、すさまじい好悪の嵐が吹き荒れた。

リズの歌はテレビで流すべきではない、という女性団体からの抗議もあれば、熱狂的なファンに追い回されたり、家に侵入されたりといった事件も起こった。恐ろしい勢いでレコードが売れ始め、紅白出場曲であり最新曲の『やわらかな波』は初めて累計売り上げ枚数が五十万枚を超えた。

そして、紅白歌合戦。

ああ、あの恐ろしくも神々しい黄金色の舞台。

私はそれまで価値というものは、私やリズのように、天然自然の無慈悲によって生み出された稀少なものが、その稀少さ故に背負う荷物のようなものだと考えていた。しかし私がその舞台で目にしたのは、人間が集団の中から「価値を授ける者」を選び出す儀式、大衆の力学によって「紅白出場歌手」という価値が個人に授けられる瞬間だった。

あるいはそれは、権威と呼ばれるものなのかもしれない。透明で、強い圧を持ち、味方に付ければ苦痛があふれる常世からほんのわずか、足を浮かせることが許される。その代わり元の場所へは戻れない。巨大な鷲の足に体をつかまれ、空を舞うことと似ている気がする。

舞台袖で司会者の呼び出しを待つ間、私はリズの左胸の鼓動に揺られていた。相変わらず、肋骨が砕けるのではないかと思うほど激しい脈打ち方だった。光沢のある黒繻子のドレスは、美しい代わりに肌触りが冷たい。黒真珠では目立たないから、と私の代わりに用意された大粒のエメラルドのブローチを、リズは断った。

舞台上のオーケストラが、今まで聴いたことがないほど荘厳な『やわらかな波』のイントロを奏でた。司会者がなめらかな口上を述べ、真砂リズの名を呼ぶ。

リズはその場で私を一度ぎゅうっと握り、まっすぐ前を向いて歩き出した。不本意な時代との紐づけ、生身を押し潰さんばかりに肥大した架空のキャラクター、行く先々で襲い来る熱狂と嫌悪。この場に辿り着くために必要だった呪いの数々が、重い鎖となってドレスの裾に絡みついているのが見えるようだ。

しかし舞台中央に近づくにつれて、リズの鼓動は急速に落ち着いていった。一つ、また一つと余分なものが落ち、足取りが軽くなっていく。真砂リズという名前すら忘れたのではないだろうか。

一人の人間の肉体から、歌以外のものがなくなる。

穏やかに暮れる幻の海がコンサートホールをいっぱいに満たした。

「その日の歌は素晴らしく、今でも語りぐさになっている。みるみる水位を上げていく海の中心ですべてを俯瞰しながら、私はとうとうリズの本性を理解した。財部ほどの狂気も、市河ほどの分別もない、歌を除けばただの引っ込み思案な子供だと思っていたのは大間違いだった。リズは、魂そのものになにか強烈な孤独が染みついていた。それが聴く者の孤独と共振し、悲しみを感じることが許される希有な場として、あの静かな海を作り出していたのだ」

「お姫様、悲しかったの？」

「悲しかったのだろう。しかしそれは、私と出会う以前にリズが背負ったものだ。あるいは、生まれつきの性質かもしれない。彼女にけっして明るい歌を振らなかった財部は、いい勘をしていたよ」

「あ、穣司だ！」

事務所の扉が開き、バイトから戻ってきた大男が顔を出す。デスクで、メモを片手にじっとリズのコンサート映像を見続けている歩に近づき、肩に手を弾ませた。

パソコンにつないだイヤホンを耳から外し、穣司を見上げた歩は難しい顔で首を振った。「なんのヒントにもならないよ。リズはヒットの条件を初めからぜんぶ持ってた。そうとしか思えない」「そっかー、だめかー」そんな底の浅い二人の会話に落胆する。

「お前たちに、リズがわかるものか。あの輝きは二度と戻らない。素晴らしいものはすべて去った。リズ……ああ……どうして私だけ、残り続けなければならない。早く、早く私を迎えに来てくれ」

「お姫様、キシを迎えに来るの？」

「あれだけの力を持った魂だ。必ず彼女は再び真砂の家系に生まれてくる。そして私を見つけ出すだろう。今度こそ、私は彼女を守らなければならない」

「でもさあ、キシはなにかになりたいって思わないの？　またブローチとか、ペンダントとかさ。カリンはねー、指輪がいいなあ！　歩につけてもらってお散歩するの。穣司のお散歩は夜だったから、お昼がいい。お日様を浴びて、歩の指をきらきらにしたい！」

「は、一粒数百円の樹脂パールを使った指輪か。子供だましの安物だな。扱いやすさと軽さがお前たちの強みだ。一粒で指輪なんて堅苦しい使われ方より、一張羅の襟元にでも縫い付けてもらった方がよほど良い生涯だと思うが……まあ、自分をどう使い切るかは、それぞれの決断だ。私は、歩に使われてやる気はない。すでに歩は一度、私を使おうとしたんだ。花のブローチのデザインがだいぶ古くなっていたからな、新しく仕立てようとしていた。だが、私は彼女を拒んだ。出来上がったブローチを見て歩は首をひねり、何度かデザインを修正していたが、とうとう諦めて私をテディベアの目にはめた」

「……キシも、歩が、きらい？」

カリンの声がしょぼくれる。私は苛立って声を荒らげた。

「きらいだ！　きらいに、決まっているだろう。あれはリズにはなれない。勘が鈍く、見苦しく臆病で、この期に及んで自分が勝つ道筋すら見つけられない愚か者だ。金の面でも、遺伝子の面でも、リズの資産をただ空費するだけの穀潰しだ！」

だが、と苦々しい気分で続けた。私は秀久が歩を嘲笑しつつも、彼女への出資をやめない理由がなんとなくわかる気がするのだ。

「目が、離せない。あれはリズと比較される残酷さを百も承知で、どれだけ恥をかいても、なにを否定されても、この場にいることをやめない。高校を卒業したら早々に企業に勤め、真砂の名から逃げるように嫁いだ麗菜とは真逆の性質だ」

「歩が好きだよ」

「あれ以外の持ち主を知らないお前は、そうだろうさ」

「他の持ち主を知ってたとしても、きっとカリンは歩が好きだよう」

＊

どう、なんかわかった？　と横から他人事のように聞かれるたび、苛立ちが増した。

「ちょっとは一緒に考えてよ！　リズがヒットした理由を調べてみようって、あなたが言い出したんでしょう」

「俺にはそういう、アートなセンスないもん」

「この時間がぜんぶ無駄に思えてきた……」

「じゃあやめる？　次の手を考えようか。あとはー……例えばリズとゆかりのある服飾関係者を訪ねてみるとか。孫だって言ったらきっと親身になってアドバイスくれるぜ？　もしかしたら仕事を回してくれるかも」

私はびっくりして、ソファに寝そべる穣司を見つめた。彼はフットワークがとても軽い代わりに、時々、驚くほど軽薄で馬鹿げた意見を言う。

呆れつつ、パソコンのディスプレイに目を戻した。リズ、リズ、リズ。美しいリズ、かわいいリズ、若いリズ、少し大人びたリズ。彼女が売れた理由？

「……歌が上手くて、きれいだったからって以外、考えることがあるの？」

「ちなみに俺の周りは、基本的に顔がきれいでスタイルがいい奴ばかりだけど、売れる奴と売れない奴ははっきり分かれるな」

それは……それは確かに、私の周りでも覚えのあることだ。しばらく黙り込んでいると、穣司は長い足で反動を付けてソファから起き上がった。

「散歩に行こう」

相変わらず、外を歩くと穣司は目立つ。

小一時間ほど事務所の周りを歩き、児童公園で温かいコーヒーを買ってベンチで休憩する間も、一つ奥のベンチに座る制服姿の女の子たちがさりげなくスマホをこちらに向けていた。ぱっとそちらへ振り向き、穣司は両腕で大きくバッテンを作る。女の子たちは肩をすくめ、恥ずかしそうに腕を絡め合って走り去った。

「危なかったー。女の人といるところを撮られたら事務所に怒ら……あ」

「もう事務所、関係ないのに」

「そうだ、もういいんだ」

苦く笑って、穣司は無糖のホットコーヒーをすすった。事務所に入っていようがなかろうが、彼が目立つことは変わらない。街を歩くと老若男女を問わず視線がすうっと彼に集まり、しばらく後を追いかける。不思議なことに二人で事務所にいる間は、私はあまり彼の美しさを感じなくなってきていた。ただ、外に出るとやっぱり意識せざるを得ない。

リズについても、そうだった。家の中でただの親族として接していた時代、私はなんの不安もなく優しい祖母のことを愛していたし、愛されていると確信していた。しかし、外の世界を知り、自分と彼女の違いや立ち位置を理解した途端、周囲の目だけでなく、リズが本当に私を愛していたのかすら、わからなくなった。

「……きれいな人って、そうでない人のことをどんな風に見てるものなの？」

いやみではなく単純に、聞きたかったけど、誰にも聞く機会のなかったことだった。穣司はぱちくりとまばたきを刻み、薄曇りの空を見上げて考え込んだ。

「きれいな人はー……というより、俺は、だけどさー……」

「うん」

「例えば、歩と初めて会って、向き合ったとするだろ」

「はい」

「まあ、見るよな」

「……なにを?」

「反応を」

「は、反応?」

予想外の一言に、つい声が乱れた。穣司は当たり前のように頷く。

「その人が美形……というか、俺の顔に弱いタイプか見る。で、弱そうだったらちょっとラッキーって感じ?」

「え、え、どういうこと? ……武器? きれいな顔はあなたにとって便利な武器ってこと?」

「そりゃ武器だろう! 当たり前だよ。生まれつき、得してる自覚があるさ」

「……ず、ずるい……」

「ずるい? ははは。歩と同じだろ?」

「え?」

「真砂リズの遺産。何回か失敗したって許される環境。業界へのつて。ネームバリュー。その得は生まれつきだろう？　どうして堂々と武器にしない？」

「………え、それは……ずるい、ことだか、ら？」

「生まれつきの得はずるいのか？」

「ずるいんじゃないの？」

「さあ。俺は、なにかを持って生まれてきた奴が、それを生かさずにまごついてる方がよっぽどいらいらするけどなあ。それに、どんな武器も持ってるだけじゃ意味がない。使えるようにならないと。才能があっても使えない奴、いい大学出てるのに馬鹿な奴、顔が良くても生かせない奴、そんなの俺自身も含めて腐るほど見た。だから、歩はちゃんと頑張れよ。頑張れない奴の方が多いんだよ」

「リズをうまく使えってこと？」

「そう。まあ、どう使うのかはわかんないけどさ。とりあえず、知らないと使えないだろ？　俺だって初めは自分の顔がどう見えるか、どんなポーズがどんな印象を他人に与えるのか、鏡の前で一つずつチェックするところから始めたんだ。リズがどんな人か、なにをしたのか、知っておいて損はないさ」

リズとはなんだったのだろう。リズの孫として、彼女の名を引きずって生きるとはどういうことなのだろう。なにもかも知っている、馬鹿にするなと憤っていた問いをもう一度、深呼吸して繰り返す。ステージのリズ、美しいリズ、台所のテーブルで笑いながらミカンをむいていたリズ。

ふと、リズではない、小さな女の子の姿が脳裏に浮かんだ。小さなクマのイラストがプリントされたワンピースに大人向けの紫色のストールを合わせたちぐはぐな格好で、じっとこちらを見ている。黒く澄み切った、まん丸い目。

硬くて光る、粒のようなものが、指先をかすめ、ころりと――。

「あ……」

「ん？」

「あれ、今なにか……思いつきそうになったのに」

「お、いいぞいいぞ！」

穣司は楽しげに膝を揺らす。帰り道、私はずっと考え込んでいた。危うく放置自転車にぶつかりそうになって、途中から穣司が肘をつかんでくれていたことにすら気づかなかった。

＊

「じゃあ、リズの容姿を上手に武器にした人がいたってことなのかな」

「んー……デビューの時、十九歳だよな？　さすがにセルフプロデュースは難しかったんじゃない？　なにより路線がエロいし、こうしろああしろって指示してたのはおっさんだと思う」

「あんまりエロいって感じたことはなかったなあ」

「そう？　結構あからさまじゃないか？」

　短い散歩から戻ると、歩と大男の会話の内容は一変していた。

　まさか、財部の仕事に気づくとは。信じられない気分で、私はパソコンのディスプレイを覗き込む二人の背中を見つめた。

「確かに歌詞を見ると際どいんだけど……むしろ、歌っている時のリズも、リズの歌に出てくる女の子も、ちょっとツンとしててかっこいいって思ってた。棘のある花って感じじゃない？　きれいな人だから許される容赦のなさっていうか……ああそうか、だから怖かったんだ」

「なにが？」

「おばあちゃんは私が孫だから優しくしてくれただけで、本当はこういう厳しい人なのかなって。仕事に出る顔が、その人の本当の姿なのかなって思ってた」

「どうだろうな、そういうこともあるだろうけど……でも、この人は今で言うところのアイドルだろう？　絶対に見せ方は工夫されてるさ」

「……きっとリズの歌を聴いた人の数だけ、この世にはいない女の子がそれぞれの心に生まれたのね」


この二人に理解されるのははなはだ不本意だが、恐らくその通りなのだろう。あの頃は、誰もが心の中に理想のリズを描いていた。

「……だから、どうしようもなかったんだ。道はいつだって一本道だった」

「キシ、どうしたの？　もしかして悲しいの？」

「なんだ、紛い物が、私の心を量ろうというのか？」

「わかんないけど……声が、夜みたいにふわーっと暗くなった感じがしたから」

「悲しみと夜がつながるのか。……もしかしてお前、夜がいやなのか？」

「なんでわかるの！　うん、だって歩はいないし、キシも静かだし……暗い中でじっとしてると、おしゃべりの仕方を忘れるんじゃないかって怖くなって、慌ててカリンだけでちょっとしゃべったり、お姫様のお歌を歌ったりしてるの」

「私はだいたい夜は休んでいるんだ。光の乏しさが、海底を思い出させて落ち着くからな。だが……まあ、いいだろう。これからはあまり意識を深く沈めないようにしてやる。

恐ろしくなったら声をかけろ」

「うん、ありがとう。キシ、キシ、キーシ！」

「今呼ぶな。……それにしても、お前のような安物の樹脂パールが、自己の喪失に不安を抱く段階にまで育つとはな……」

紛い物、と侮ってばかりもいられないのかもしれない。作られた物は作られた物なりに、命と力を持つのだ。

現実のリズが、作り物のリズに侵され始めたのは、いつの頃からだったか。

中天を過ぎた太陽は沈むしかない。夜の始まりを、私は今でも鮮明に思い出せる。紅白の熱狂が過ぎ去り、いくらか彼らの身辺が落ち着いた一月の終わりのことだった。

「次の曲から俺はリズのマネージャーを外れる。代わりにこいつ、野々村がつく。なに、外れると言っても統括していることに変わりはない。野々村も、今まで別の事務所で何人も面倒を見てきたベテランだ。なにも心配しなくていいからな」

いつも通り、投げて寄越すような無造作な口調で言って、財部はそばに控えた若い男をリズに紹介した。若い、といっても財部に比べればというだけで、リズよりはだいぶ上だろう。野々村は暑苦しい財部とは反対に、あっさりとした淡泊な気質が顔ににじみ出た細面の男だった。

リズは呆然と目を丸くして、十秒ほど経ってからやっと口を開いた。

「た……財部さん、どうして？　どこか悪いの？　体、壊した？」

「いや、そういうわけじゃない。うちも大所帯になってきたからな。俺が担当を持っていると、全体に目が行き届かない」

「そんな……私は本物だって、ずっと一緒に戦ってくれるって言ったじゃない！　話が違うよ」

「落ち着け。これからもリズの歌詞は俺が書く。現場に付いて回るのが俺からこいつに変わるだけだ。お前だってもうたくさん後輩がいるんだから、手本になるよう聞き分けなさい」

「後輩って！　私より、あんな芸のない新人たちを優先するの？」

「あのなあ……」

はあ、と財部は苦々しく息を吐いた。

「お前は本物だよ、まぎれもなく本物の真珠だ。だけどお前だけが本物なわけじゃない。今お前が馬鹿にした新人の中にも、ちゃんと本物は交ざってる。……わかるだろう？　俺ならそれを見分けられる。たくさんの真珠をデカく育てて、業界を盛り上げていくのが俺の本当の仕事だ。俺とお前はもう結果を出した。ここらで一度離れた方が、お互いに芸が広がるかもしれない」

大人になれ、と念を押され、リズの皮膚の色がすうっと薄くなった。血の気の引いた顔で、ふらふらと周囲を見回す。野々村は能面のように涼やかな表情を崩さない。市河は、むしろ財部から離れることでリズにいい影響が出ると踏んだのだろう。どこか満足げに目を輝かせている。誰も味方がいないと知ったリズはうつむき、私を握りしめながら一度こくんと首を折った。

「三ヶ月後、リズは半ば力ずくで、認めなければ歌手を辞めると事務所を恫喝しながら四つ年上のアマチュアバンドのボーカルと所帯を持った。それが麗菜の父親だ。子供同士のままごとじみた結婚生活は一年と保たれず、乳飲み子を抱えてリズは離婚し、それから、続けざまに無様な恋愛を繰り返してはスキャンダルの女王への道を歩き始めた」

「……お姫様、そんなに財部さんが好きだったの？」

「さあ、問題の根はもっと深いようにも感じたがな。……私にはなにも出来なかった。彼女の胸元に飾られながら、愛した真珠が傷つき、のたうち回るのを、ただ呆然と眺めていた」

4

夜が来て、海辺の街は奥行きのある闇にくるまれた。天頂を飾る半月が弱い光を振りまいて、闇の薄いところと濃いところ、細やかな陰影を作っている。

潮騒や海風は変わらずに流れ続けているため、目が使えなくても圧迫感はない。手探りでベンチを探し、腰を下ろす。すると、少女の形をしたほんのりと温かい闇が隣に座った。

「ねえ、歩」

かくんと首を傾け、闇は優しい声で聞いた。

「あなたは私の家族よ。かわいい娘が産んだ、かわいいかわいい孫娘。小さい頃、よく近所の公園に出かけたのを覚えてる？　あなたはいつも石や草花で作ったおままごとのシチューを私に食べさせてくれた。お風呂のお湯が冷めるまで、たくさんの歌を一緒に歌った。湯上がりには、コップになみなみとついだ冷たい牛乳をはんぶんこ」

「……うん」

「あなたはあなたであるだけで十分に私の宝物なのに。それじゃあ、だめなの？」

「だって、それは」

緊張で口が渇いた。私はきっと、言わない方がいいことを言おうとしている。言わなければ、少なくともまだしばらくは誤魔化していられることを、その猶予を、わざわざ手放そうとしている。

ただ、静かな予感があった。夜風に乗って耳をくすぐる祭り囃子のように、一度気づいてしまえばそれに向かって歩くことを止められない。不思議な衝動が、私の口を動かしていた。

「それは……わ、私じゃなくてもいい話だもの。あなたのもとに生まれたっていう特権で、愛されているだけ。生まれたのが私じゃなくて、まったく違う魂を持つ子供でも、リズはきっと、おんなじように愛した」

ふうん、と少女の形をした闇は鼻から息を抜いた。

「そうかしら……難しいことを言うのね。私はあなたを好きだったと思うけど……」

考え込むような間をおいて、再び彼女は口を開いた。

「特権で愛されるのはいや？」

「……それだけじゃ、いや」

いやなのだろう、私は。他の人が気にもしないような些細な引っかかりをいやだと感じる。この欲深さがきっと、私がいつまでも背負って行く、小さな、けっして変えられない私らしさなのだ。

「リズに負けないくらい立派になりたい。真砂リズの孫としてじゃなく、ただの真砂歩として、実力で世間に認められたい。……そうしたらやっと、孫に優しいおばあちゃんじゃない、冷たくて眩しい憧れの人に、少しだけ近づける気がするの」

少女はふうん、とそれほど興味のなさそうな相づちを打った。

「特権と実力を分けることに、それほど意味があるとは思えないけど……ねえ、気づいてるんでしょう？　私に愛されようとする限り、あなたは私を超えることは出来ないわ」

「そんな……そんなの、まだわからないじゃない」

慌てて首を振るも、おかまいなしに少女は続けた。

「あなたが一番大事なリカちゃん人形に私の名前を付けたときから、私たちはずっと一緒。私はあなたにとっての良いもの、美しいものの基準だった」

「リズ……」

「素敵な散歩もそろそろ終わり」

「やだ、ずっとここにいたい。……リズと一緒にいたいよ」

「無理よ。その時が来たら、あなたは変わらずにはいられない。花が咲いたり、赤ん坊が立ち上がったりするのと同じ。歩くことをやめない限り、見える世界はどんどん変わっていくの」

ほら、と示された東の空は低い位置が白く透き通っていた。地平線間際に横たわる生まれたての弱い光と、そこから放射状に広がる藍色が、少しずつ闇を掃いていく。

夜が終わるなんて考えたこともなかった。

朝起きて、事務所に顔を出してメールチェックをして、真っ白なスケッチブックやアイディアブックと睨み合い、午後から『パールライト』でリズの資料を読み耽る。映像作品は持ち帰り、事務所で夕食をとりながら鑑賞する。いつしかそんなサイクルが出来上がりつつあった。穣司がバイトでいない時には一人でも『パールライト』に行った。回数を重ねるにつれ、リズを知ること、秀久さんのテリトリーに入ることへの抵抗感は徐々に薄れていった。

なにより、それまで知らなかったリズを知るにつれ、私の頭の中を小さな子供が走り回るようになった。肩まで届く髪をおさげに結った、まん丸い目をした女の子だ。幼稚園のバスに揺られて、数人の友達と一緒に——団地だろうか——大きくて古い集合住宅の前で降りる。ばいばーい、と手を振って、それぞれの棟の入り口へ走り出す。リュックサックの肩紐をぎゅっと握り締めて階段を上り、換気のためにドアストッパーで細く隙間が作られた玄関の扉を開ける。

「ただいまあっ」

狭い板張りの台所の先、寝室代わりにしている和室へ声を張り上げる。すると、色褪せたふすまがすらりと軽快に開いた。

「おかえり」

黄緑色のパジャマを着たリズが、ゆったりと言って顔を出す。

「お腹空いたでしょう、ビスケットがあるよ」

皿に盛られたビスケットと冷たい牛乳を楽しみながら、小さな私はその日あった様々なことをリズに話しかける。不思議なことに、頰杖をついてうんうんと頷くリズの顔はぼんやりとにじんで思い出せない。

リズはあまり体が強くなかった。体調のいいときは近所を散歩する日もあったが、基本的には寝室で横になってラジオを聴いているか、細々とした家事をしていることが多かった。一緒に遊ぶのも家の中がほとんどで、私たちはよくお手製のファッションショーをした。

洋服簞笥の引き出しから色んな服を引っ張り出して、ああでもないこうでもないと相談しながらかわいい組み合わせを探すのだ。丸っこいキャラクターが描かれたピンクのTシャツ、白いレースのワンピース、朝顔の描かれた藍染めの浴衣。私だけでなく、リズも着替えに付き合ってくれた。レモンシャーベットみたいな色のサマードレス、プリーツが入ったサテンのスカート、ひんやりとしたシルクのシャツを、リズは楽しそうに脱ぎ着した。私は自分が好きな花とか星とかハートとか、キュートな柄が入った服をリズに着てもらいたかった。しかしそれらの服を肩に被せるたび、リズは「もうそういうのはいいよう」と笑いながら逃げた。

「おばあちゃんかわいいのきらいなの？」

「昔さんざん着たからね。かわいい柄物は、イメージが押し寄せてくる感じがしていやなんだ」

その日のコーディネイトが決まると、リズは鏡台の前に私を座らせ、紅筆でちょんちょんと唇に色を乗せた。

「かわいいねえ、歩は本当にかわいい。私たちの宝物だ」

鏡に映る女の子は、照れくさそうに笑っている。素敵な私、素敵なおばあちゃん。大好きな服を着てお化粧をした私たちは、確かにその時、世界でたった二人のお姫様だった。せっかくなのでおめかしをしたまま台所でいんげん豆の筋取りをしていたら、帰宅した母親に呆れられた。

あの頃の私の目。鏡に映る自分を見る目、リズを見上げた目、リズと自分の容姿がかけ離れたものであるなんて知りもせず、ただ彼女を好いていた目。黒々とした真珠のような、あの目で私はどんな世界を見ていただろう。

どうして私は、自分がお姫様だと思うことをやめてしまったのだろう。

真砂リズの資料を集積した『パールライト』の第三資料室の本棚には、同じメーカーの緑色のファイルが二十冊ほど並んでいる。

初め、私はそのファイルの存在に気づかず、手に取ってみる気すら起きなかった。それを開いたきっかけは、考え事をしながら歩き回るうちに服の袖をひっかけて端の一冊を床に落としたことだ。

ファイルの中身は、古い雑誌の切り抜きだった。リズがデビューした当時から十五年前に五十五歳の若さで大腸がんで亡くなるまで、彼女にまつわる大小様々な記事がスクラップして保存されていた。

拾って、棚に戻そうとした手が止まったのは、記事に書かれたある見出しが目に付いたからだった。

『身も心もささげたマネージャーにフラれて　まだまだリズの夜は終わらないゾ!』

丸みを帯びたポップな字体にそぐわない、あまりに露骨な内容にぎょっとして、ファイルを持ち直した。

どうやらそれはリズが紅白に出場していた全盛期の記事らしい。世話になったマネージャーとの不仲説と、幼子を付き人に預けて夜な夜な盛り場に繰り出す魔性の女としてのリズ像が、ここぞとばかりに書き立てられていた。酔った彼女にしなだれかかられたという男性の証言や、業界関係者にお持ち帰りされる彼女の目撃談、さらには飲み屋を出た彼女がデザート代わりに口にしていたアイスキャンディーの舐め方がいやらしかった等々、まるでポルノ小説のような粘っこくて扇情的な読み口だった。

リズ？

今のが、真砂リズの記事？

殴りつけられたような衝撃で、じんと頭が痺れた。気がつくと私は、ファイルの一冊目から順にページをめくり始めていた。

デビューしたばかりの頃は、とにかく彼女の個人情報がびっくりするような綿密さで紹介されていた。もっともこれはリズだけでなく、一緒に紹介されている新人歌手の女の子もみんなそうなので、当時の流行なのだろう。

『本名＊真砂理津　年齢＊十九歳　出身＊神奈川県平塚市生まれ　家族＊母＝良枝（四十一歳）製菓職人　体のサイズ＊身長百六十センチ　体重四十五キロ　B87　W60　H

88　趣味＊お菓子作り　手芸（毛糸編み専門）　尊敬する歌手＊都はるみ　スポーツ＊体がとっても柔らかい。学生時代は体操部所属。　洋服＊セーター五枚、Ｔシャツ六枚、スカート三枚、ジーンズ二本、パンタロン二本、クツ四足　好きな男のコのタイプ＊スポーツ部で活躍しているようなたくましくて明るいコ』

歌手なのに、スリーサイズ？　洋服の枚数や好きな男のコのタイプの情報なんて、知ったところでどうするのだろう。いまいちピンとこないまま、はにかんだ笑顔のリズの写真が大きく掲載された誌面に目をすべらせ、またぎょっとした。

『名前占いで見る性格と運勢＊個性的で我が道を行くタイプ。男なんかイラナイッと突っ張っているようで実は情が深く、惚れた男にはメロメロになって身も心も捧げ尽くしてしまう。ＳＥＸにも積極的で、無邪気に色々試してみようとするだろう。恋愛運が向上しているため、来年中には処女を失いそうだ』

処女？

もう一度読み直した。見間違いじゃない、何回読んでも書いてある。

処女？

十九歳だった私の祖母のセックスや処女について、どうして一般に流通する雑誌がわざわざ名前占いだなんて怪しいコーナーを作ってまで、生々しく性的な文章を掲載しているのだろう。

こうした書かれ方をされているのは、もちろんリズだけではなかった。同コーナー内で取り上げられた他の新人歌手——なかには、十四、五歳の子までいた——はみんな等しく妙な占いのもと、性行為や処女喪失にまつわる妄想を笑顔の写真の真隣に貼り付けられていた。

リズはこんなに厳しい時代を生きていたのか。人権とか、男女平等とか、プライバシーとか、そういうものがまったく根付いていない荒れ地のような場所で歌っていたのか。

呆然としたまま、ファイルをめくる。新人歌手から流行歌手へ。男を誑《たぶら》かす魔性の女というイメージが形成されて、リズに向かう筆は下品さを増した。紅白出場でお祝いムードになったかと思いきや、すぐにマネージャーT氏との痴情のもつれ、さらには不仲説が囁かれるようになり、続けて私の血縁上の祖父に当たるボーカリストとの、一年未満の〝ままごと婚〟が誌面を賑わせた。若い頃から芸能界でちやほやされてきたせいで世間を知らない云々、流行歌手にはなれても女の幸せはつかめなかった等々、胸が悪くなるような人格攻撃に暗澹《あんたん》としてファイルをめくる。

三十代のリズの生活はけっして穏やかなものではなかった。リズが有名になるにつれ、会社経営者だった母親の再婚相手から金銭を要求される場面が増えたらしい。渡した金は数千万に及び、最終的には実の母親とも縁を切らざるを得なかった。その金銭トラブルや離縁も、津波のような勢いで書き連ねられていた。

その後も恋愛スキャンダル、失言で大御所の不興を買った、撮影現場のスタッフに高圧的なふるまいをした等々、リズの記事は絶えることなく一定のペースで書かれ続けていた。ただ、それだけ悪口が続くこと自体が人気のバロメーターとも言えそうで、記事と一緒にファイリングされた月別のレコード売り上げランキングでは、相変わらずリズの新曲が上位に食い込んでいた。「美しく才能に溢れた、男運のない女」というイメージは大衆に歓迎され、馬鹿にされつつも受け入れられていたようだ。

しかし三十代の半ば、とうとうトラブル続きだったマネージャーのT氏と袂を分かち、別の大手芸能事務所に移籍したのをきっかけに、目に見えてリズは失速した。

移籍先と方針が折り合わなかったらしく、すぐに別の事務所に移り、そこも長続きせずにさらに転々とした。数年後にようやく小さな事務所に落ち着いた頃には、しばらくヒット曲の出なかった真砂リズはすっかり過去の人になっていた。

この頃には一世代前のスターである彼女を「結局のところ男に従うのが好きな古い女」と揶揄する記事が流行っていた。「スタッフが食べたラーメンのどんぶりまで洗って『良い妻になります』アピールをしていた」と芸能関係者Aが語れば、「今の若い子は慎みがないから、汚れたパンツだって平気でマネージャーに洗わせる」と芸能関係者Bが混ぜ返す。

こんな下品なトーンの記事もあれば、女性団体代表者を名乗る女性からの厳正な抗議文もあった。「拝啓真砂リズ様。あなたには失望いたしました。あなたがステージに現れた日、私はその凛々しい立ち姿に新しい時代を生きる自由な女の輝きを見たものです。それが、どうしたことでしょう――」みんな、言いたいことを言う。

四十代の半ばに、当時のマネージャーだった自分より十歳年下の若いツバメと再婚――秀久さんのことだ。この結婚は「またままごと婚か」「我らが歌姫はいつになったらまっとうな家庭を築くんだろう」と茶化す向きが多かったものの、久しぶりに小さな記事になった。それから間もなく大腸がんが発覚し、闘病のため引退へ。

歌手としての地位は確立したが、幸せにはなれない女。彼女に対する論調は終始こんな具合だった。久しぶりに見開き二ページを獲得した死亡記事には、そもそも不幸でなければ真のスターとは呼べない、などと当時の知識人が目を疑うようなコメントを寄せていた。

私は。

私はこれまで、リズのなにを知っていたのだろう。

「どうした、なんかいいものあった?」

能天気な声と共に、穣司が横から手元を覗き込んでくる。とっさに私は、ファイルを閉じた。

「なっ……んでもない……」

穣司は大きな目を丸くして、首を傾げる。

不思議な気分だった。私は一瞬、リズを隠したいと思った。こんな風に馬鹿にされ、嘲笑され、みんなで殴れるサンドバッグのような扱いを受けるリズの姿を誰にも見せたくない。どこかに隠して、もう二度と彼女の人生が好奇の目にさらされないよう守りたい。

でも、なんの意味もない。これらは数十年前に広く販売された大衆誌だ。私が守りたかったリズはとっくに傷つけられ、彼女を守ることも、慰めることも、もう永遠に叶わない。なにもかも、はるかな過去の話だ。

「……リズの雑誌記事がスクラップされてたの。ほら、紅白とか、結婚とか、時系列を追うのにいいなって」

「ふーん」

私はショックをうまく取り繕えていなかったのだろう。少し考えて、穣司はひょいと広い肩をすくめ、「喉が渇いたからちょっとコーヒー飲んでくる。もう少し時間かかるよね？」と言った。軽薄なところはあるが、彼はけっして勘の鈍いタイプではない。

待って、とその背を引き止めた。

「ごめん、やっぱり一緒に見てくれる？」

いくつかの記事に目を通し、すぐに穣司は眉間に薄くしわを寄せた。

「週刊誌が過激な書き方をするのは今でも変わらないけど、一昔前はすごいな。なんでもありだ」

憤りを代わりに担ってもらうことで、少し冷静になれた。私は一度、顎を引いて頷いた。

「テレビではすごい歌手だって持ち上げられていても、雑誌ではあんな書かれ方だったんだね」

「まあ、しがらみの有無だろうな」

「スターってなんなんだろう。私、リズのことを……ううん、自分のおばあちゃんのことを、なにも知らなかった」

愛されて、憎まれる。熱狂のスイッチを、自分がブレイクするヒントを探してリズのことを調べてきたわけだが、リズのことも彼女を歓迎しつつ貶めた大衆のことも、調べれば調べるほどよくわからなくなった。

私たちはよほど集中していたのだろう。声が届くまで、彼の入室に気づかなかった。

「リズは芸風に個人性をオーバーラップさせたアイドルっていう職業の、走りの世代だ。

それ以前の歌手は明らかに歌う本人と、歌の内容が切り離されていた。『リンゴ追分』を歌う美空ひばりを、歌詞の通りに東北のリンゴ農家の娘だと思う奴はいない。だけど南沙織の『17才』を聴いた視聴者は、歌の内容と彼女を結びつけた。ああこの歌は、この美しい女の子の恋心が歌われているんだ、ってな。もちろん芸風と歌手は同一じゃないし、常にそこには経営側の戦略がある。美しい誤解と錯覚が降り積もり、こんな人間であって欲しいという大衆の欲望がふくれあがった結果、ただの一人の人間を超えたスターという化け物が誕生するってわけだ」

「秀久さん」

水色ストライプのボタンダウンシャツを着た秀久さんがよお、と片手を上げて挨拶した。いつもはコンタクトなのに、疲れているのかフレームの太い黒縁眼鏡を鼻筋にのせ、あくびを噛み殺しつつ近くの棚を物色している。す、と傍らの穣司が緊張した面持ちで背筋を伸ばした。

「曲に親しめば親しむほど、大衆は歌手個人を身近に感じるようになる。生活も、家族も、恋愛も、下半身事情も、憧れの相手のことならなんでも知りたい。ルールがまだなにも設定されていなかった時代だ。メディアも大いにその欲望に応えたってわけさ。妊娠して中絶したとか楽屋でヤッてたとか、根も葉もない記事を書かれた芸能人が集団で裁判を起こした事例もあるぞ。ファイルしてあるから、興味があるなら探してみなさい」

「え……じゃあ、ここに綴じられたリズの記事は嘘ってこと？」

「全部とは言わないが、半分ぐらいは怪しいもんだな。怖いだろう？　大衆もメディアも誰もアイドルの扱い方を知らない、現実と幻の区別がつかなかった頃の話だ」

怖い、と言う割に秀久さんは大してそれを気にする様子も、それ以上の説明をする素振りもなく、いくつかの資料を棚から抜いて小脇に抱えた。唐突に私へ振り向き、にやりと口角を上げる。

「それで、ここにいるってことは、やっとリズで食っていく覚悟が出来たのか？」

「えっと……はあ」

楽しげに聞かれて、少しまごついた。リズで食べていくことと、リズの孫として生きていくことは同じか、違うか……リズの名前を使うという意味では、やっぱり同じだろうか。

「リズの……リズが生きていたとして、彼女に恥ずかしいと思われないような生き方をしたいとは思っています」

考え考え口にすると、秀久さんはあからさまに鼻白んだ様子で眉間にしわを寄せた。

「なんだそりゃ、そんな眠たいことを考えてるのか歩ちゃんは。相変わらずぼんやりしてるな。いいか、俺と君と、あとはまあ君の母親の麗菜だな。真砂リズの遺産の正当な受取人は、世界でたった三人しかいない。この宝の山を前にして、考えるべきことは他にいくらでもあるだろう」

彼は両手を広げ、声にわずかな苛立ちをにじませた。

「真砂リズは確かに幻だが、彼女は幻を背負うだけの運と才覚を持った天才だった。俺や君は、不幸にもその天才の傍らに配置された一般人だ。ぼけっと突っ立っていれば、一生、彼女と比較されることから逃れられないぞ。それがどれだけ残酷なことか、君はとっくに知っているはずだ」

比較と言われ、ぴりっとした痛みと共に幼い日の穣司の写真が頭をよぎった。今の彼を醜く感じるほどの、理不尽な美。そうだ、あの完璧さと比較されること、ぜんぜん似ていないと叩きつけるように笑われることが私の苦しみの本質だった。

まさかそれと同じものを、秀久さんが感じて生きてきただなんて。

「近いうちに、俺がリズのことをまとめた本が出るから。それを読んでよく勉強しなさい」

「はい……わかりました」

「うんうん、それじゃあね」

最後だけいつもの戯けた、しかし隙の無い口調で言って、秀久さんは資料室を出て行った。

「……スター……」

呟いて、手元のファイルに目を落とす。重い足音が遠ざかり、かたわらの穣司がはあ、と息を吐いた。

＊

「歩！　あゆむあゆむあゆむ！　わーい抱っこして、抱っこ！」

私たちが縫い付けられたテディベアを手のひらにのせて、まるで真珠層の奥まで見透かそうとするように、歩はしげしげと私を覗き込んできた。

ピーコックグリーンの表面に、彼女の顔が映る。目が覚めたばかりの頃は人間の顔の美醜などわからなかった私だが、リズという基準を得てからはどの人間が真珠なのか、どの人間がなんの価値もないカルシウム片なのか、一目で見分けが付くようになった。

リズに近い者は美しく、リズから遠い者は醜い。簡単な話だ。

そして歩はあまりにもリズから遠い。目鼻立ちも、口も、顔の形も、なにもかもが違う。

「哀れなものだ。出生に奇跡を必要とする真珠に比べ、人の美醜なんて頭部のごく一部分のおうとつと、皮膚の具合で変わる他愛もないものなのに。あとほんの少し、造作がリズに近かったなら、お前の人生はよっぽど簡便だっただろう」

「あゆむー！」

「やかましいわ！　わからないのか。こいつはお前じゃなくて私を見てるんだ！」

「やだやだやだカリンも見てよー！　あゆむー！」

歩が私を見るなんて、ずいぶん珍しいことだ。一度ブローチを仕立てるのに失敗してからは、私から目を背けている節もあったのに。

はあ、と彼女はため息を漏らした。

「きっとあなたは、全部を見てきたのね。リズのことも、私のことも」

なにを今さら。白けた気分でいると、歩は静かな、しかしけっして弱くはない声で続けた。

「リズから逃げたいわけじゃないの。だからってわざわざ私に不利な場所で、無謀な戦いをしたいわけでもない。秀久さんが出した答えも、少し合わない感じがした。……自分の生まれ方に負けたくない。でも、それってどういうこと？」

容姿だけでなく、リズと歩とではだいぶ精神の在り方も違うのかもしれない。

「リズに、お前のような強かさがあればなあ……」

「だいすきだよー！」

久しぶりの接触が嬉しくて仕方ないのだろう。私の感傷をよそに、カリンははしゃぎ続けている。

唐突に、あれ、と歩が首を傾げた。

「縫い付けた角度のせいかな……右から見るのと、左から見るので、けっこうベアの表情が違って見える。右からだとかわいい感じ、左からだときりっとした感じ……」

その時、ブラインドの隙間からちらりと光が差し込み、ベアの左目――カリンを輝かせた。黒い樹脂パールは光をはね、虹色の照り返しがそばのデスクにあいまいな模様を作った。

視界の端でちらつく光に気づいたのだろう、歩が振り返る。

「あ……」

唇を開き、しばしそれに見とれ、歩はベアの角度を少しずつ変えて光のかたまりをくるくるとデスクの上で踊らせた。数分後、私たちを棚へ戻すとデスクについて、スケッチブックになにかを描き始める。

「わーん歩、抱っこー！」

「黙っていろ」

「カリン、もっと抱っこして欲しかったよう」

「お前は今、宝石の役目を果たしたんだ」

「え？」

「持ち主に幸運を招く。私たちの使命だ。……たかが樹脂パールが、なんてことだ」

日が傾き、室内が薄暗くなる頃、バイトから帰ってきた大男が事務所に顔を出した。

デスクに向かう歩を不思議そうに見つめ、ぱちんと部屋の照明を点ける。

「どうしたの歩、明かりも点けないで。目が悪くなるよ？」

「うん……ワンピースを作ろうかなって」

「え、本当か！」

歩は頷き、角の丸い小さな三角形がいくつも並んだワンピースのデザイン画を穣司へ手渡した。

「生地は薄い銀色で軽くラメを入れて、三角形は白抜きにして……こう、日差しが当たったらきらきらって光が流れるみたいなの」

「おー、シックでいいじゃん」

「……きっと、着ないだろうな」

「え、誰が？」

「ううん、なんでもない」

首を振り、噛みしめるように言って、歩はぱたんとスケッチブックを閉じた。

それから歩は、天気のいい日には私たちが縫い付けられたテディベアを連れて街を散策するようになった。木漏れ日の差す公園、灰色の雑踏、たるんだ電線が空を切り取る繁華街。時々足を止め、スケッチブックを開く。疲れたらベンチに座り、缶コーヒーを飲みながらシャツの胸ポケットに入れたテディベアの頭を包むように撫でた。てのひらでさらりと、私もカリンもまとめて触れる。

オーダーメイドのワンピースの依頼が来たのは、そんな折だった。

「選挙、ですか」

問いかけに、竹井戸《たけいど》と名乗る依頼人の女性はしわの寄った丸顔を朗らかにゆるめて頷いた。

神奈川県内にある中規模の市の市長選らしい。前市長の任期満了に伴う選挙が間もなく告示される。依頼人は前市長と同じ事務所から、いわば後継者として出馬する。政治活動を行う際、スーツよりも親しみやすい印象を作りたいときに着用する上品で落ち着いたワンピースを、というのが依頼の内容だった。

「うちの辺りは、地元意識が強くてね。特定の政党より、無所属で草の根活動をしてきた前市長の方がずっと人気があるの。やりかけで引き継がれた仕事もたくさんあるし、さあ頑張ろうって、選挙は顔見せぐらいのつもりでいたんだけど……」

前回の国政選挙で、竹井戸が出馬する市を含めた選挙区は、与党の大物と野党の新人が激突し、僅差で野党の新人が競り勝つ激戦地となったらしい。

「次の選挙への地ならしというか、まあ、あまり言いたくないけれど、刺客っていうのかしら。全国でも名の通った元アナウンサーの女性が、与党の公認を受けて私の対抗馬として出馬することになったの。きれいなだけでなく、才気のあるお嬢さんのようだし、それ自体はなにも悪いことではないのだけどね」

そこで彼女は大きく息を吸って、先日家族に還暦を祝ってもらったばかりだという鞠のように恰幅のいい体をふくらませた。

「私らしく強靭に、最後まで選挙戦を戦い抜けるワンピースを仕立ててちょうだい」

「頑張ります」

歩は丁寧に頭を下げ、詳しい打ち合わせに入った。予算と枚数、全体的なイメージから、色や素材、使いたい小物など。一時間ほど検討を重ね、続けて事務所奥のカーテンで区切られた空間で採寸を行う。

すべてのやりとりを終えて帰り支度をした竹井戸は、まるでマッサージでも受けたかのように頬を薔薇色に輝かせていた。

「お洋服の相談っていいものよね。この服を着たらどんな素敵な自分に会えるんだろうって、想像するだけで元気が出るわ」

「あの、一つお伺いしてもいいですか？」

「はいなあに？」

「どうして私に依頼してくださったのでしょう。今はブランドも休止中ですし、なにがきっかけだったのかなと」

「ああ、それはね。前から何枚か持っていたの、あなたの服。いいわよね、きちんとしてる。いつどこで誰に見られても大丈夫――むしろ、誰かに見られることを想定しているような、清潔な緊張感があるわ。だから安心して着られるの。選挙用のワンピースを仕立てようって思ったとき、まず頭に浮かんだの」

「あ、ありがとうございます」

「それにあなた、真砂リズさんのお孫さんなんでしょう？」

歩の背中が、ぴくりと強ばるのが見える。竹井戸は笑顔で続けた。

「私、大好きだったのよ。『凪の海で』。お孫さんと、こんな風に関われるなんて嬉しいわ」

「こちらこそ、祖母を知っている方に選んで頂けるなんて嬉しいです。それではデザインが上がったらご連絡いたします」

「はい、よろしくね」

竹井戸が事務所を去り、歩は一つ息を吐いてソファに体を沈めた。

「お疲れさま」

お茶を出したり、打ち合わせに必要な資料を探したりとサポートに徹していた大男がコーヒーを運んでくる。歩は頷き、湯気の立つマグカップを受け取った。

「対抗馬の元アナウンサーって誰だろうな。ネットで検索したらもう出てくるかな」

パソコンをつけようとした大男のシャツを、歩が後ろからぐっとつかんだ。

「いいよ、見なくて」

「え、でも、どんな相手かわかった方がいいだろう？　対策とか、見せ方とかさ」

「そういう戦い方があるのはわかってるけど、たぶんあの人が求めてるのは違うことだよ」

大男は首を傾げ、しかし大人しく近くの椅子に腰を下ろした。説明を求めるよう、馴れた犬に似たまなざしで歩を見る。コーヒーをすすり、歩はゆっくりと口を開いた。

「ねえ、子供の頃、鏡に映る自分のことをどう思ってた？」

「へ？　どうって……覚えてないな」

「そっか……私はなんとなく覚えてるんだ。なんだか不思議で、面白くて、鏡の前を通るたびにじっと見てた。自分のことが好きだったし、自分の顔がリズと比べてどうとか、小学校ぐらいまで考えたこともなかった」

一度言葉を切り、歩は大男に目を向けた。

「その心をもっと大切にすれば良かった。自分をいいって思う内側の声と、お前はだめだって言う外側の声と、せいぜい半分ずつ真に受ければ良かったのに、これまで外側の声ばかり真面目に聞いてた気がする。そして外側の声は、私を当たり障りのない人間にすることはあっても、絶対に素敵にはしてくれないの」

「えっと……要するに？」

「周りを見回して方針を決めるんじゃなく、竹井戸さんをじーっと見て、この人の素敵さを際立たせる服はなんだろうって方向で考えを組み立てていく方が、うまくいく気がする」

「……そっか。歩がそう思うなら、そうしてくれ。ここは君の事務所だ。手伝えることがあったらなんでも言って」

「ありがとう。細かい買い出しとか、もしかしたらお願いするかも」

歩は安心した様子で頬をほころばせる。それに比べて、大男の笑顔は少しぎこちなかった。

「ねえねえキシ、カリンのウチガワにはなにが入ってるの？」

「樹脂パールの内側？　せいぜいガラスか、プラスチックの核だろう。その周りに人工のパール塗料を吹き付けたのがお前たちだ」

「じゃあキシは？」

「私の核はなんらかの理由で剝離した母貝の外套膜だ。まあ……貝の一部だな。それが何十年もかけて薄く薄く層を重ね、真珠質を作ったのが私だ」

「ふーん……キシャカリンの中には、歩みたいに、イイとかワルイとかは入ってないの？」

「だいぶお前には難しい話だったな。いいか悪いかで言うなら、お前たち人工パールは私たち天然真珠の模造品だ。私たちがいいで、お前たちが悪い。だから価格に天地の開きがある」

「もぞーひん知ってる！　まがいもののこと！」

「そうだ、お前なんか石ですらないただのプラスチック片だ。そう……そのはずだったんだがなあ」

認識を改めなければならない。最近のカリンの自我の発達は、天然の宝石と比べても遜色ないくらいだった。ましてや持ち主に幸運を招くなんて、ある程度の品格を宿す宝石でないと出来ないことだ。

「紛い物、模造品、嘘、幻……虚構が本物に届き、それを凌駕すること。忌々しいが、稀に起こることだ」

「でも、この世に本物はすっごく少なくて、この辺りではキシとお姫様くらいなんでしょう？」

「リズ？　ああ、リズは本物だったとも」

真砂リズ。私の宝物。私も彼女に多くの幸運を招いた。麻雀の配牌なんて他愛もない遊びから、不審者とリズが遭遇しないようタイミングをずらしたり、不埒なメディアが盗撮しようとするのを風でカーテンをふくらませて妨げたり、ステージ脇で緊張する彼女をなぐさめたり、今のカリンが歩にしているのと同じように、ただただ彼女を慕うことで、レコードのミリオンセールスや紅白出場へと繋がる小さな幸運を積み重ねていった。それが、リズの喜びに繋がると信じて疑わなかった。

「しかし……本物のリズとは、どの時期のリズのことを言うのだろう。私と出会った頃のリズは大きな才能を秘めていたが、あくまで天真爛漫な少女だった。男を惑わすファムファタル、後ろ暗き愛の体現者だなんて財部が作った幻だ。それをリズ本人はもちろん、財部も周りの人間もよくわかっていたはずだ。しかし少なくともある時期から、私には本物のリズと幻のリズが入れ替わってしまったように見えた」

今となっては思い出したくもない、どうしようもない場所での、どうしようもない夜があった。

赤坂のライブハウスを貸し切って行われたパーティは、予定時刻を一時間すぎてもまだメインの演奏が始まらなかった。空っぽのステージを横目に、酒と料理がだらだらと消費される空疎な時間が流れていく。二十人ほどの若者が集まった客席は、しかしそれほど白けていない。中心に、リズがいたからだ。

「そう、この間はパリで雑誌の撮影。龍彦《たつひこ》も一緒だったんだけどさ、ホテルまで取材が追いかけてくるんだよ、参っちゃった。ああそうだこれ、免税店で買った石鹸。龍彦からみんなにって」

わっと場が盛り上がり、若者たちは我先にと差し出された紙袋に腕を突っ込み始めた。

「リズさん今日もすっごくきれいね」

「ねえ、このイヤリングはどこのメーカー？　こんなに素敵なの見たことない」

「ロンドンのアンティークショップで買った安物よ。三万円もしないくらい。いいよ、私はいくらでも買えるから、チイちゃんとミーコちゃんに片っぽずつあげる」

きゃあ！　と歓声を上げ、龍彦の友人だという若い女はリズの手からイヤリングをむしり取って去っていく。入れ替わりにすぐに別の若者が傍らにすり寄り、自分が企画している音楽イベントに出資して欲しい旨を囁き始めた。

龍彦の友人を集めた、龍彦のためのライブパーティだ。もちろん会場代も飲食費も、なにもかもリズが出している。しかしとうの龍彦はなかなか会場に現れない。集まった彼の友人たちが機嫌を損ねないよう、リズは物を配り、金をばらまき、蓮っ葉で品のない若者言葉をわざと使って、懸命に場を盛り上げ続ける。

私は真珠層が濁るようなうんざりした気分で、彼女の左胸に飾られていた。龍彦はどうせ近所のコーヒーショップで時間を潰しているに違いない。なかなかヒット曲に恵まれないフォーク歌手の龍彦は、こうしてリズを仲間内にさらし、あの真砂リズが気をつかう俺、を演出するのが大好きだった。

店のドアが勢いよく押し開かれ、ようやく主役がやってきたかと思いきや、顔を出したのは鬼の形相の財部だった。

「リズ、こんなところでなにしてる！　会食はどうした！」

賑わう会場が、水を打ったように静まった。リズはキッと表情を引き締め、足音荒くやってくる財部を睨み返す。

「この日はやめてってって野々村さんを通じて何十回も言ったじゃない。たっちゃんの新曲披露パーティなのよ、邪魔しないで！」

「馬鹿野郎！　俺たちがどれだけ苦労してあの気難しい大御所のスケジュールを押さえたと思ってる！　それをこんなヒモ野郎のパーティのためにずらせだと？　ふざけるな。これは仕事だぞ！」

「ヒモじゃない、たっちゃんは立派な歌手よ！　いずれ私よりずっとヒットするんだから！」

「……なんだよ、騒がしいなあ」

その時、幅広のジーンズに白いタートルネックを合わせ、ギターケースを背負った龍彦が気だるい表情でやってきた。リズが慌てて腰を浮かせる。

「たっちゃん、ごめんね、あのね」

「あーもういいよ、こんな白けたステージじゃ歌う気にならねえ。お前、代わりに適当に歌っとけよ」

コツリ、と。

リズの心臓が鋭く跳ねた。金をせびられても物をねだられてももう鈍い音しか立てなくなった彼女の矜持は、自身の歌をないがしろにされた時にだけ、震えるほどに痛むのだった。

逃げるようにその場を去ろうとする龍彦の肩を、財部がぶ厚い手で鷲づかみにした。

「オイ」

低い声で凄んだ次の瞬間、龍彦はフロアの隅まで殴り飛ばされた。背負ったギターが床で弾み、こもった嫌な音を立てる。悲鳴の上がった周囲を見回し、財部はさらに声を荒らげた。

「お前ら全員出て行け！　邪魔だ！」

泡を食った若者たちが、巣を荒らされたねずみのように急ぎ足で店を去っていく。体を起こした龍彦は口から垂れた血をぷっと吐き捨て、去り際に「覚えてろよ」と憎々しげに言った。まなざしは巧妙に財部を避け、くっきりとリズに据えられていた。あの男は、財部が怖いのだ。ただの脆弱な小物だ。それなのに凄まれたリズはみるみる顔を青くして、財部に食ってかかった。

「どうしてくれるの！　たっちゃんが楽しみにしてたパーティなのに！」

「あんな馬鹿はどうでもいいんだ！」

ああ、と獣のようなうなり声を上げ、財部は乱暴な仕草でソファに腰を下ろした。

「どうしてだ、どうしてこんなクソみたいな騒ぎばかり起こす！　お前は真砂リズだぞ。うちの事務所の大看板だ！　野々村が不満だったのか？　俺がマネージャーに戻ればいいのか？　なら今すぐにでもお前の専属に戻ってやる。だから昔の、歌に真剣だった頃のお前に戻ってくれ！」

「そんな……そんな話じゃない。私はただ、好きな人と一緒になって平凡で幸せな家庭を持ちたいだけだよ。お金ならいっぱい稼いだでしょう！　一つぐらい、願い事を叶えさせてよ……」

「ヒモが女の貯金を馬鹿みたいに食い散らかす暮らしの、一体どこから平凡で幸せな家庭を見通せっていうんだ。なぁ、よく考えろ。お前はスターだ。お前に近づいてくる男は、金や名声のおこぼれに与りたい半端者がほとんどだ。奴らが見るのはスターとしての真砂リズであって、誰もお前の幸せなんざ見ちゃいない。恋をするなら、せめて格上の、お前の名声をどうとも思わないくらい仕事ぶりのしっかりした男を選べ」

「いやよそんな人。すぐいなくなりそう……」

ぽたぽたと子供っぽく涙をこぼしながら、男の人と暮らしたい、とリズはうめいた。

「男の人と暮らして安心したい。……いつもいつも、頭の中が寂しいの」

「どうしてだ。お前には麗菜がいる。市河も、週に三度は通ってるはずだ。子守りも雇ってるんだろう？　寂しくなる余地がどこにある」

「だってあの人たちは私を頼る側だもの。私だって他の普通の女性みたいに、誰かに守られて暮らしてみたい」

財部は顔をしかめ、はあ、と重いため息を吐いた。

「おふくろさんの件がこたえたのか？」

リズの収入を無断で再婚相手の借金返済に充てていた実母との関係が悪化し、縁切りだなんだとお互いに弁護士を立てて争っている最中だった。問いかけにリズは奥歯を噛み、数秒間固まった後、ぎこちなく首を横に振った。

「わかったわかった。じゃあ俺の下宿に来い。大家のばあさんに話して部屋を空けてもらおう。麗菜も市河も一緒にな。それで、何かあったら朝でも夜でも俺に声をかけろ。それで安心だろう？」

「……財部さんは違うってわかったから、いや」

「なんだって？」

「家族じゃない」

「……当たり前だろう、俺はお前のマネージャーだ」

「そう。だから、いや」

それから財部がどんな言葉をかけても、リズはかたくなに黙り込むばかりだった。財部にはリズが抱えている問題が見えず、リズ自身も怒りの源をつかみ損ねているような、奇妙に嚙み合わない空気が漂っていた。

「せめて付き合う男を選べ。あと、スケジュールは今後、野々村じゃなくて俺が管理するから」

議論の終わりにそう告げられてなお、リズは唇を閉ざしたまま動かない。天井を仰ぎ、財部は二度目の長いため息を吐いた。


「数年後、リズは財部の事務所を出た。金銭トラブルだの痴情のもつれだの過激な記事が飛び交ったが、単純に財部が不安定になったリズの面倒を見ることを諦めたというのが実際のところだ。移転先の事務所だって、財部が手配したんだ。二人の別れは穏やかなものだった。最後の話し合いで財部はリズに頭を下げた。昔のお前に戻ってくれなんて言って悪かった、本当のお前がどんな人間だったかなんて、俺にわかるはずもないのに、とな」

「……たからべさん、いい人?」

「悪い人間ではなかったな。だがリズの言う通り、あれは家族的なものを求めるたちではない。社会欲以外の欲望を持たない仕事人間だ。むしろ他人との深い交流は、闘争心を鈍らせると避けている節があった。つまり、もっとも付き合いの長い財部ですら、リズを理解していたわけではないんだ。……ずっと左胸に張りついていた私も、ただ私にとって好ましいリズを、本当のリズだと思い込んでいるだけなのかもしれない。幻ではない本当のリズなんて、この世のどこにもいなくて……」

ああ、不思議だ。

内側の声と外側の声。そう言っていた、歩の言葉がよみがえる。

「……リズが、決めなければいけないものだったのかもしれない。そうだ、幻とは他者が勝手に設定した彼女だ。それに対してリズは、自分とはこういう存在である、誰にもそれを侵させない、と彼女自身の意志と正しさで主張し、幻を押し返さなければならなかった。それしか、あの状況に活路はなかったんだ」

愕然とした。

どうしてもっと早く気づかなかったのだろう。

気づいていたら、彼女を生きる方向に押し出す、なんらかの縁を招くことが出来たかもしれない。それこそが持ち主に幸運を招く宝石として、私が果たすべき役割だったのではないか。

私は、存在自体が奇跡と言われ、南海の皇帝と謳われた天然の黒蝶真珠なのに。

愛する者のために、奇跡の力を使えなかった。

「……キシ？　キーシ、どうしたの？」

「いや……」

砕けそうな心地だった。

声が震える。私は懺悔に等しい独白を続けた。

「……三十代の終わりにやっと一つの事務所に落ち着いたものの、他人が作った過剰な幻に押し流されるようにして生きてきた彼女は、スターでなくなった自分に耐えることが出来なかった。新曲は一向に売れず、たまに歌番組に呼ばれたかと思えば古い歌ばかり壊れたラジオのように歌わされる。財部の後ろ盾を失ったことで腕のいい作曲家や作詞家とのコネクションも断たれ、いい曲が手元にやってこない。仮にいい曲がきたとしても、事務所の営業力が弱くてブレイクの壁を破れない。雇われの家政婦とその時々の付き人の間でお手玉するように育てられ、母親に対する信頼をほとんど培わずに高校生になった麗菜とリズの関係は最悪だった。仕事でも家庭でも行き詰まり、リズの酒量は年々増え、精神安定剤の世話になるのが当たり前になった」

「あれ、でも、お姫様は結婚して、幸せになったんでしょう？　歩にはおじいちゃんがいるって聞いたよ？」

「秀久のことか。あれはリズの最後のマネージャーだ。リズよりかなり年下で、リズの古い曲を当時の流行のバンドに曲調を変えて演奏させ……リメイク？　といったか。それを改めてリズに歌わせたアルバムを販売し、小規模ながらヒットさせた。財部ほどではないが、そこそこの腕だったな。いつしかリズの方が奴に惚れ込み、彼女の熱意にほだされる形で籍を入れた。だが……」

思い出しても、この身が濁るようだ。幸せそうに傍らに寄り添うリズを見るときの、秀久のあまりに明晰な目。

「あれはリズを愛してなどいなかったし、リズもそれを理解していただろう。彼らは夫婦を演じることに同意しただけだ。現に二人が一緒に住んでいた期間はほとんどない。リズは秀久と結婚することで『最後には幸せになった真砂リズ』という幻を獲得し、秀久はリズの資産を獲得した。あの結婚は、そういうことだ」

「……お姫様、それでよかったのかな」

「さあな。しかし秀久と愛し合うふりをして歩くリズは幸せそうだった。最後まで私は、リズを理解できないままだった。彼女が病み衰え、幻の幸せで自身を慰めている間も、なにをするべきかわからず右往左往していた。そうしてリズはある日、腹部に強い痛みを訴えて入院した。がんは大腸の外にまで浸潤していたらしい」

「キシ……」

「本当は私に、リズを待つ資格なんてないんだ」

一日、また一日と、歩は仕事への集中力を高めていった。依頼された二着のワンピースのデザインを上げ、竹井戸と再び打ち合わせを行い、生地や細部のパーツ選びに入る。足繁く問屋街に通い、手に入れた素材に合わせてまたデザインを微調整する。黙々と、なにも迷わず、静かに手を動かしていく。

このような集中状態は歌に向かっているときのリズにもよく見られた。収録前の打ち合わせのときも、実際に歌っているときも、なぜかリズには「こうすれば最もよくなる」という揺るぎない確信があった。そして、それ以外の雑音をすべて自分の中から締め出す、非人間的なくらいの集中力を有していた。

歩の背中にも、それと同じ硬質なエネルギーが見える。恐らく彼女は、なんらかの確信をつかんだのだろう。

信じがたい。カリンと同様に、あんなにも無様なカルシウム片だった歩まで、本物の真珠に近づいていく。

「……なあ」

その背中に声をかけたのは、私と同じく、呆然と彼女を見守っていた大男だった。

「その、なにかあったのか？　急にしっかりしたっていうか……俺がバイトに行ってる間に、誰か来たの？　アドバイスでもくれた？」

「ううん、別に」

大男が淹れたコーヒーを飲み、持参した朝食の蒸しパンを頬張りながら、歩はぼんやりと首を振った。

「ただ、なんとなく踏ん切りがついたっていうか……やらなきゃいけないことがわかった気がするの」

「そう……なんだ。よかったな」

「えっとね、うーん」

大男の表情になにを感じたのか、歩は短く天井を見上げ、唇を舐めてから続けた。

「私、おばあちゃんが大好きだったから。リズに似合うもの、リズが好きそうなもの、リズに褒められるようなものばかり、作りたかったの。イメージの中で、いつもリズと一緒だった。リズみたいにきれいな人に褒められたら、リズに認められた気分になって嬉しかった」

「うん」

「でも、もうリズから離れなきゃ。――リズが、こんなのダサい、つまんない、私は着ないよって言うようなものでも、私がそれに価値を感じるなら作らなきゃって、思ったの」

「なぜだ？　なぜそんな強く出られる。リズって、要するに君の中では美しさの象徴なんだろう？　そのリズがダサいと思うようなものは、みんながダサいと思うかもしれない。そんな恐怖は、君にはないのか？」

「リズが歓迎された世界。私も大好きで、大好きで、子供の頃からずっとうっとりしてきた、外見の美しさと才能のきらめきが最も意味を持つ世界に、私の居場所はないの。でも私は、自分がそんなに悪くない人間だって知ってる。私の周りにも美しいものや楽しいものがあって、新しい服に袖を通す喜びもある。だから私は、私のために、自分が生きやすい価値観を広げていく仕事をするべきなんだと思う。……たとえそれが結果的に、リズから遠ざかることにつながっても」

「そうか……勝負に出るんだな」

うん、と歩は顎を引いて頷く。

「頑張って」

大男は何度か頷き、ぱん、と力を込めて歩の背中を叩いた。ちょっと買い出しに行ってくるよ、と軽く言ってジャケットを羽織り、デイパックを背負う。

そして通りすがりに、私とカリンが縫い付けられたテディベアをさりげなくシャツの胸ポケットにしまった。

「え、なに！」

「おいこら貴様！」

歩は大男の挙動に気づかず、作業台に顔を向ける。大男が靴を履くためにかがんだ刹那、その横顔がちらりと見えた。まだ軽い集中状態にあるのだろう。心ここにあらずといった顔をした歩の、口元が動く。

なんだろう。

こわい？

かかとをスニーカーに押し込む足踏みにかき消され、聞こえなかったのだろう。大男はそれに気づかずに事務所を出た。

近所のスーパーにもコンビニにも立ち寄らず、大男は迷いのない足取りで駅へ向かった。すでに朝の通勤ラッシュも過ぎたらしい乗客もまばらな地下鉄に揺られ、いつかと同じ大きな駅に降り立つ。

白っぽい午前の日差しに眩く染められた駅前の、雑居ビルの一階でエレベーターを待つ間、大男はやっと、ポケットから私たちを取り出した。私とカリンを順々に見やり、眉をひそめて苦く笑う。

「ごめんな。あのままあそこに居たら、俺はあの子を憎んじゃいそうだったから。君たちの大事なプリンセスからは手を引くよ。でも代わりに、悪いんだけど当座の生活資金になってくれないか。三万あれば友達のところに転がり込んで、次のバイト代が入るまでやり過ごせる。本当は君がしっかり天然真珠だと認められて、三十万くらいになってもらえたら助かるんだけど……難しいかなあ」

私はあっけにとられ、ぽかんと大男を見つめた。

こいつは、歩と信頼関係を結んだのではなかったのか？

なぜ今になって歩を裏切る。

あの、他人を苦手とする歩が、心を砕いて自分の変化を説明するほど、気を許した稀な相手なのに。

いや違う、それも気になるが、今もっとも必要な働きかけは違う。

「私はいい」

言葉にして、幸運を招く。心から願って、奇跡を呼ぶ。

それが私たち宝石が持つ唯一の力だ。

「だが、カリンは歩のもとへ返せ。どうせ二束三文の樹脂パール、十円の値もつきやしない。なあ、私をちぎった後でいい、この熊を事務所の郵便受けに入れろ！　いいか、そうでなければ貴様を呪うぞ！　南海の皇帝が全霊をかけて、貴様を呪い殺してやる」

歩にはこの先、リズが辿ったのと同じ、長い長い孤独な戦いが待っている。それを知っているのは私だけだ。だからなんとしても、カリンを歩のそばに戻さなければならない。

私の呪いに気づくはずもなく、大男はやってきたエレベーターの壁に力なく背中を預けた。

「俺と同じだと思ったのに、いつのまにかあの子は本物になってしまった。いずれは鈴蘭と同じ、クズを見る目で俺を睨むんだろう。……なんであいつらはみんな、やるべきことが全部見えてますみたいな顔をするんだ？　どうして俺には、それが見えない」

大男はため息交じりに言って、ベアの額を親指の腹で撫でた。かすかな振動音に気づき、デニムの尻ポケットに差し込んでいたスマホを取り出す。

「さすがに遅いって気づいたか。まあ、そりゃそうだよな」

ディスプレイを覗き、指でなんらかの操作をする。すぐにスマホは静かになった。大男はつん、と人差し指の先で私に触れる。

「お前はどうせ本物ばかり見てきたんだろう。――なんていやな真珠だ」

目を細め、大男は見覚えのある貴金属買取店に私を持ち込んだ。

前にも応対した、常に渋い顔をしている白髪交じりの宝石鑑定士が大男を見て片眉を上げる。

「なんだ、お前か。今度はどんないかがわしいものを持ってきた」

「失礼な！　前にも言っただろう、スターがずっと大事にしていた天然の黒真珠だよ。あいにく鑑定書はなかったんだけど、俺とあんたの仲だろう？　品質は保証するから、一つ良い値を付けてくれよ」

芝居がかった口調で言って、大男は胸ポケットからテディベアを取り出し、鑑定士が座る長机にのせた。

鑑定士はぎょっとした様子で目を見開き、生々しい驚きを露わにした。不自然な沈黙が部屋に満ちる。

「テディベアの両目……まさか、真砂リズの黒真珠か」

「え！　なぜそれを」

「これは一体どういう巡り合わせだ……お前、よりによって真砂リズの関係者を誑かしていたのか！　こっの罰当たりが。いや、そんなことより、その黒真珠は養殖真珠だ。真砂リズの没後、資産を点検した真砂秀久が鑑定書をとったらしいぞ」

「えっ……えええ？」

「まだ読んでないのか？　今日発売されたばかりだ」

鑑定士は机の脚下に置いた鞄から一冊の本を取り出した。

『真珠物語——少女が女神になるとき』著者、真砂秀久。うつむきがちに目を伏せたうら若いリズの写真が表紙に使われた本を開き、鑑定士はしみじみと噛みしめるように言った。

「まさか真砂リズの父親が進駐軍の兵士だったとはな。やけに悲しい曲ばっかり歌ってたのも、自分と母親を捨てた父親を思ってのことだったのかねえ。泣かすよなあ」

私も大男も、もちろんカリンも、鑑定士の男が言った内容をすぐには理解できなかった。

弾かれたように大男はスマホを取り出した。画面を操作し、本体を耳に押し当てる。

『お願い、早く帰ってきて！』

留守番電話に録音された歩の悲鳴が、私にも聞こえた。テディベアを鷲づかみにして、大男は稲妻の速度で部屋を飛び出した。

5

私の誕生には奇跡が必要とされる。

百万個の貝を無残にこじ開け、やっと一粒ひそんでいるかいないかの天然黒蝶真珠。剝離した外套膜が貝の体内で分泌液を結晶化させ、途方もない確率をくぐり抜けてやっと、完全な球形と光沢を獲得する。

だからこそ私という個体は母なる海の意志を背負っている。この身に宿した輝きを、祝福を、正しく世界に還元しなければならない。

そう、この目を開いたときからずっと、ずっと、思い続けてきた。

「私が……養殖真珠だと?」

貴金属買取店から飛び出した大男は全速力で駅へと走り出した。私たちが縫い付けられたテディベアがシャツの胸ポケットで上下に弾み、真珠層に映る世界もがくがくと揺れる。

「キシ、ヨウショクシンジュってなーに?」

まったく事態を理解していない傍らの樹脂パールが、のんきな声で聞いてくる。

答える気すら起きなかった。

私が養殖真珠なものか。私は奇跡の天然黒蝶真珠だ。中心には海の意志によって千切り取られた母貝の外套膜が眠り、その周囲を厚さ五ミリ、直径にして一センチの豊かな真珠層が覆っている。そのはずだ。養殖真珠は母貝の生殖巣に他の貝から作り出した球形の核と外套膜片を挿入する、人為的な外科手術によって生み出される。核の周囲にはほんの一ミリ程度の真珠層しか持っておらず、天然真珠とは成り立ちのまったく異なるものだ。

しかし、絶対にあり得ない、と笑い飛ばすことは出来なかった。いやな、貝の内部にもぐり込んだ砂粒のざらつきと同じくらい不快で、それなのに無視できない記憶がある。私の意識の起源には、痛みがあった。今にも体が砕け散るような激烈な痛み。そして痛みが去らないことへの悲しみと諦め。私はその痛みが、母貝が外敵に襲撃されたか、岩にぶつかるなどの事故で破損したことによるものだと認識していた。不幸な出来事だが、その結果として私が生まれたなら母貝も慰められるだろうと信じていた。

そうではなく、あれがただ異物を体内に挿入される外科手術の痛みであったなら。

私の体は大いなる海の意志ではなく、母貝の苦しみと悲しみでできていたのだ。ペテン師によって天然だと偽られた、奇跡の欠片もない人工物。

だから、リズを守れなかったのだろうか。

「あれ、事務所の前に人がたくさんいるよ！」

カリンの声で我に返る。大男は事務所がある通りの入り口で、両膝に手を当てて呼吸を整えていた。走り続けてきたのだろう、首筋がしっとりと汗で濡れている。

歩の事務所が入る雑居ビルの前にはカメラやマイクを手にしたマスコミらしい人間が十人ほど張り込んでいた。大男を見つけ、下働きらしい若い数人が駆け寄ってくる。

「真砂歩さんの知り合いかな？　スタッフさん？」

「歩さんに出てくるよう伝えてくれないか。真砂秀久さんの本について、ちょっとお話を聞きたいだけだから。リズさんとの思い出とか、ね？」

大男は彼らとは目を合わさず「ちょっとすみません」と押し退けるようにしてビルに入った。階段を上り、事務所のドアノブに手をかける。がち、と硬質な音が施錠を告げた。普段、日中は開けているのだが、マスコミの来訪を受けた歩が閉めたのだろう。大男は扉をノックし、声を張り上げた。

「歩、戻ったよ！　俺だ、穣司だ！」

ほんの十秒も経たないうちに、扉の向こうに足音が立った。錠の外される音が響き、大男の背後についてきた取材陣がざわつく。歩さん、一言だけでもコメントを、と押し寄せる彼らを強引に体で締め出して、大男は事務所に入った。後ろ手に再び扉の鍵を閉める。

「大丈夫だった？」

大男を迎えた歩は、真っ青な顔を力なく左右に揺らした。なにも言わずに大男の手首をつかみ、事務所のソファへ引っ張っていく。座面に置かれた歩のスマホには、大げさなほど喜怒哀楽を露わにする出演者たちがテーブルに並んで議論を交わす、ワイドショーらしき番組が映し出されていた。どうやらスマホでテレビを観ていたらしい。

画面が切り替わり、シルエットが柔らかいブルーグレーのスーツにストライプのシャツ、冴えた臙脂のタイを合わせてきりりと決めた秀久が口を手で覆い、テーブルの中央で物憂げに語る姿が映し出された。

『おそらくは私だけが知っている彼女の姿でしょう。撮影でヨーロッパの高級ホテルのプールサイドに行っても、ハワイのサンセットビーチを歩いても、リズはけっして水着姿を見せなかった。どれだけ周囲に求められても、ミニスカートや薄手のワンピースでお茶を濁していました。真砂リズの体には醜い火傷の痕があるんだとか、芋虫みたいな手術痕があるんだとか、当時はひどい噂が流れたものです』

大きなパネルを前にした司会の男が、さもいたましげに眉をひそめて言った。

『それは……その、リズさんのお母様の教えだったと』

『ええそうです。リズが幼少期に過ごした土地の近所の海水浴場に、ハーフの子供たちの遊泳を拒む差別的な風潮があったらしくて。リズの母親は進駐軍のダンスホールで働いてたんですが、そこで出会った兵士の一人と関係し、リズを身ごもり……兵士なんてね、任期が終わったら国に帰っちゃいますから。戦後まもない当時はハーフへの風当りも強かったしね。たまたまリズは目も髪も黒いし、顔立ちが多少派手になった以外はこれといった特徴は出なかったわけだけど、リズの母親はいつ娘の出自がバレるかと、かなり神経を衰弱させていたようです。万が一バレた時に、咎められるのが怖かったのでしょう。とにかく海水浴はダメだ、の一点張りだったそうで。だいぶ大人になってから自分の家庭に父親がいない理由を母親から聞いて、やっと腑に落ちたんだとか。水着を着てはいけない、海水浴場に行ってはいけないっていう母親の教えが、ずっとリズの中に残っていたんですね』

秀久から少し離れた席に座っていた女性の出演者がううん、とうなりながら口を開いた。

『そうは言っても、ほら、芸能界なんて、ミックスルーツのタレントは当時からたくさん居たわけでしょう？　ね？　カミングアウトしたって良かったのに』

秀久が答えるよりも先に、憂い顔をした他の出演者がつらりと口を挟んだ。

『それは華やかな世界の話でしょう。戦争の落とし子なんて言葉が残っているくらいなんだから、多くの子供は困難な人生を送ったはずです。しかもリズさんはね、それを隠すよう言われて育ったわけだから』

『まさに戦争が生み出す悲劇の当事者だったたってことですね』

歩も、大男も、なにもしゃべらなかった。歩の顔にはまったく知らないものを唐突に投げつけられたような、あからさまな困惑が浮かんでいた。大男は静かに考え込んでいた。画面に映る秀久が、小刻みに何度か頷きながら言った。

『まあ、そういうバックグラウンドをね、踏まえて頂ければ、わかってもらえると思うんですよ。凪の海で、の歌詞が。海辺の町でずっと誰かを待っている女の子の歌。あれは、自分を捨てた父親を信じて待ち続けた、戦争の落とし子の歌だったんですね』

出演者たちが神妙に頷く。ああ確かに、なんてフリップで示された歌詞を見て頷く者までいる。

待てよ。

待て、待て、そんなはずはない。

この歌にたずさわった財部や、作曲家、作詞家たちは、リズの生まれのことなど知らなかったはずだ。ただそう空想して聴くこともできるというだけで、それ以上の意味はない。

それなのにほんの数秒で、「真砂リズは戦争の落とし子」「デビュー曲に自分を捨てた父への愛着を忍ばせた悲劇の歌手」というイメージが築かれてしまった。巧妙で色の強いイメージは、まるで自分が絶対の真実であるといわんばかりの傲慢さで目の前の景色を塗りつぶしていく。

これとよく似た奇妙な瞬間に立ち会ったことがある。リズが紅白に初出場する間際、流行作家が新聞でリズのことを「後ろ暗き愛の歌い手」と評し、それがまたたくまに世間に浸透した時だ。

幻とはこうして作られるのだ。そして生身の人間よりもよほど強固に、長く生き続ける。この一件を通じて、リズは歴史的な観点から戦後の歌謡界において言及せざるを得ない重要な歌手の一人として再評価され、曲はもちろん、出演した映画やドラマ、本人映像などが使用される機会が一気に増えることだろう。彼女の権利を一手に管理する秀久の芸能事務所は潤い続ける。これが秀久が示す、「リズで食っていく」という生き方なのだ。

リズの特集が終わり、気象情報の予告に続いて画面がスタジオからCMに切り替わる。場違いなほど賑やかな音楽と笑顔、大盛りのカレー皿を手に舞い踊る人々を見ながら、歩がぽつりと呟いた。

「こんなの間違ってるよ。たとえそれが本当のことでも、公表するべきじゃなかった」

シャツの布地越しに、大男の鼓動が乱れるのがわかった。しかし大男は動揺を微塵も匂わせず、軽い口調でさらりと返す。

「憧れのおばあさまがミックスルーツだったのはショックかい？　なにかイメージが変わる？」

「えっ？　……まさか！　そうじゃなくて、いくら配偶者でもリズの秘密を亡くなってから勝手にばらすなんてひどいってこと。リズが自分をどう見せるか、なにを言ってないにを言わないかは、他の誰でもないリズ一人だけが決められることだよ。これじゃありズを好き勝手に書いてた昔の週刊誌と変わらない。……秀久さんに、連絡してみる」

顔を曇らせ、歩はスマホを憂鬱そうに操作してから耳へ当てた。とるるるる、とくぐもった呼び出し音がしばらく続くも、電話はつながらない。

「だめかあ……」

諦めて発信を切り、歩が耳から離したほんの数秒後、スマホのディスプレイがぱっと灯って賑やかな着信音を鳴らした。真砂秀久、の四文字が画面に浮かぶ。

『悪い悪い、歩ちゃん！　放送を観てくれたんだろ？　いやあ、電話が鳴りやまなくてさ。どうだった？　かっこよかったろう』

歩の耳元から、響きの良い秀久の声があふれ出す。歩はぐっと表情を引き締めて口を開いた。

「秀久さん、あの、リズの生まれのことなんだけど……あんまりメディアで大々的に言うの、やめませんか。ちょっとひどいですよ、あんな、リズが隠していたことなら、なおさら」

『うーん、俺は歩ちゃんのそういうカタくて真面目なところきらいじゃないけどね。今回ばかりは、歩ちゃんの方が筋違いだ』

「え？」

『リズは芸能人だぞ？　ほとんど公人も同然だ。そして公人の人生は、大衆に捧げられてしかるべきだ。歴史上の人物や、名の通ったスターを思い浮かべてみろ。俺たちは大概、彼らの人生の浮沈や明暗を知っている。彼らの成功や失敗から様々な人生の哲学を学ぶ。そうだろう？　歩ちゃんだって、つまびらかにされた彼らの人生を知って、食らって、世間の広さや深さを測ってきたはずだ。善も悪もない、これまでだって繰り返されてきた当たり前のことだよ』

いつだって確信に満ちた秀久のしゃべり方はまるで巨大な軟体動物のように熱くうねって、異なる意見を持つ他者を丸め込もうとする。

歩はじっと床の一点を見つめて沈黙し、やがて慎重に口を動かした。

「秀久さんとは違う、リズと一緒に生きる方法を探します。忙しいときに電話してごめんなさい」

通話を切り、その場にしゃがんで深々と息を吐き出す。歩は大男を見て少し笑った。

「すぐには無理だけど、少しずつこれまで借りたお金を返して、秀久さんと距離をおこうと思う。ブランドは維持したまま規模を縮小して、よそでアルバイトさせてもらうことも考えてる。もう、あなたがここに居るメリットはなくなっちゃうかもしれないけど、それでも」

会話をさえぎるように、とるるる、と事務所の電話が鳴った。最近はほとんど問い合わせもなくなっていたのに珍しい。大男が子機をつかんで耳へ当てる。はい、『nowhere』お客様ダイアルで……はい、失礼ですが、……ええと、はい。少し考え、大男は歩に子機を差し出した。

「真砂歩さんの同窓生です、って男の人」

知人が秀久の出演番組を見て、連絡してきたらしい。歩は一つ頷いて子機を耳へ当てた。

「お電話変わりました、真砂……」

さっと歩の顔色が変わった。子機が指からこぼれ落ち、腕だの膝だのに当たって床へ落ちる。

「どうした、大丈夫？」

問いかけに首を左右に振り、口元を押さえた歩は小刻みに肩を震わせる。大男は子機を耳へ当て、不思議そうにそれを充電器に戻した。通話は切れていたようだ。

「……お前は他国の兵士と密通したアバズレの子孫だって言われた」

「えっ」

とるるる、とるるるる、と再び電話が鳴る。大男は歩をソファへ座らせるとまた自分で子機をとった。二言、三言を交わし、すぐに通話を切る。

それからしばらくの間、電話が次々とかかってきた。歩には交代せず十件ほど電話を受けた大男は、とうとう電話線を引き抜いた。

普段なら自分のアパートへ帰る時間帯になっても、歩はうつむきがちにソファに座り込んだままだった。

「なんかごはんでも買ってこようか。それか、家に帰るなら送るよ？」

大男はソファのそばにしゃがみ、低い位置から歩の顔を覗く。歩は大男と目を合わせ、少し遅れてぎこちなく笑った。

「うん、えっと……今日は帰らないことにしようかな」

「そうか」

「それで、ごめん、なるべく穣司もいてくれる？」

「もちろん。じゃあ、コンビニで夕飯だけ……」

腰を浮かせた大男のシャツの裾をつかむ。

「備蓄のラーメンがある。あと、缶詰もいくつか」

「……そう？　歩がいいならそうしよう」

大男が備蓄の食料を取り出して狭い台所で湯を沸かす間に、歩はデスクの前に移動した。パソコンを起動させ、いくつかの画面を開く。

「やっぱり、こっちにも届いてた」

「ん？」

「いやがらせ」

どうやら休止している『no where』のホームページに記載したアドレスの受信箱を確認していたらしい。大男がパソコンを覗き、顔をしかめた。

「無理して見るなよ。あとで消しておくから」

「ううん、大丈夫。落ち着いてきた」

湯の沸き立つ音と、マウスのクリック音が交じり合う。頬杖をつき、歩は浅く息を吐いた。

「こんなこと……考えて、わざわざそれを伝えようとする人が、いるんだね。その悪意にびっくりしちゃった」

「まあ、そうだよなあ」

「だからリズは公表しなかったのかな」

「今も色んな偏見があるけど、昔はさらにすごかっただろうな」

「うん……」

大男が出来上がったインスタントラーメンを運んでくる。礼を言って、歩は箸を手に取った。麺をすすり、考え考え、ゆっくりと口を開く。

「でも、すごくくだらないって思う。なんなのそれ。私のひいおばあちゃんがどんな人かなんて、こんな情報じゃ絶対にわからないし、誰かが決めることでもない。余計なお世話だよ」

「俺はこの、個人とは関係のないことで急に失礼なこと言われたり、いやなことされたりするのは身近な話すぎて、あんまり簡単にくだらないって言えないけど……」

肩をすくめ、大男は続けた。

「歩にはくだらなく思えても、リズにはそう思えなかったんだろうな」

「うん、きっとそうなの。さっきは唐突すぎてびっくりしたけど、たぶん私はこれからこんな中傷がいくつ届いても、なんかこの人すごく馬鹿みたいなこと言ってるなあとしか、思わないの。驚くとしてもメッセージの内容じゃなくて、それを発信する人の気持ち悪さに驚く感じかな。……でも、リズは私と同じようには思えなかった」

天井を見上げ、歩は少し考え込んで続けた。

「私が傷つくことも、同じなのかもしれない。少し立場がずれるだけで、くだらない、どうしてそんな意見に合わせて生きなきゃならないのって、思えちゃうことなのかもしれない。……思えたらいいな。押しつけられたイメージをすり抜けて、自由に生きてみたい。その場にいない誰かが作ったイメージじゃなくて、目の前のその人を見るのが当たり前なんだって場所で生きたい。その場所に向かっていける、春の野花を束ねたような力強い服が欲しい」

「……そんな服があるなら、俺も欲しい」

「ふふ」

「本当に君は変わったな」

「そう？」

「うん。とっても魅力的になった。今の歩が、これから君が作る服を着て、初めに出会ったパーティに戻ったら一瞬で人に囲まれる。誰一人、君を馬鹿にできない。——俺はきっと、君に話しかけられない」

「穣司？」

「歩……」

デスクの傍らに立った大男は、歩が座るチェアの背もたれをつかみ、覆い被さるように長身を屈めた。彼のシャツの胸ポケットに納まっている私たちも、歩の顔に近づいていく。私たちの目線が歩の顔から、首、胸の辺りへと落ちていき——。

ばちん、と頭上で肉の打ち合う湿った音がした。目を見開いた歩が、近づきかけた大男の口元を平手で押さえた音だった。

「やめてよ、こんな」

「……ごめん」

首を振り、大男はどさっと近くの床に座り込んだ。ふて腐れた顔で歩を見上げる。

「プリンセスは、俺じゃいや？」

「いやっていうか……考えたこともないよ」

「じゃあ考えてくれよ。容姿のいい人間がタイプなんだろう？」

「ええ？　んー……」

眉間にしわを刻んで長く黙り込み、歩は苦々しく口を開いた。

「顔がきれいな人はちょっと、恋人としてはいやかな」

「……なにそれ」

「うーん、そのままの意味だよ。前に穣司が言ってくれたでしょう。私は美しさにとりつかれて視野が狭くなってるって。やっとその感覚から抜け出せそうなのに、隣にそういう人がいたら、また余計なことを考えて引きずられそう。いやだよ。恋人は、そんな顔がどうとか考えないで済む、一緒にいてリラックスできる人がいいよ」

「不細工の方がいいってこと？」

「外を一緒に歩いても、きれいとか不細工とか、釣り合ってるとか釣り合ってないとか、私がまったく考えずに、ただその人のことだけ思える人がいい。穣司はちょっと、きれいすぎる」

大げさな仕草で首を左右に振り、大男はしかめた顔を両手で覆った。

「……ひどい差別だ。しかも、引きずられるって、ぜんぜん歩のなかでケリなんかついてないってことじゃないか」

「うん、そうなんだろうね。でも、これから変わっていきたいって思ってるから……ごめんなさい」

「いや、はっきり言ってくれてありがとう」

顔を隠していた手を外し、大男は落ち着いた表情で静かに歩を見返した。

「ねえキーシー。キーシー、キシキシキーシー！」

やかましい呼び声に、私は強制的に思索の海から引き上げられた。本当は返事などしたくない。それどころではないのだ。外の世界がどうなっていようとどうでもいい。そんなことよりも私は、考えなければならない。私という存在の罪科について、傲慢について、醜悪さについて。愛した者の人生を欠片も救えなかった。よかれと思って行った導きは、ことごとく彼女を不幸にした。それどころか、自分自身の価値すら見誤っていたなら、なんと救いようのない——。

「キシー！」

「うるさいわ！　穣司って歩のこときらいだったんじゃないの？」

「ねえねえ、穣司って歩のこときらいだったんじゃないの？」

「なんてどうでもいい話題なんだ……私が知るか。人間の心なんて潮の流れ並に変わりやすいものだ。いちいち理由など付けていられるか」

まあ、実際のところ潮の流れは、潮汐であったり水温であったり海底の地形であったり、複雑な要素を踏まえて変化するのだが。そう思えば、大男の内部にもなにか複雑な動きがあったのかもしれない。

「歩が自立すればするほど不安定になるポンコツだからな。恋情でつなぎとめておこうとでもしたんじゃないか？　自分の顔が良いのも、歩が美醜にとりつかれていることも、すべて承知でそれを行うのだから、見下げ果てたクズだ」

「レンジョ？」

「紐だ、紐。ほら、私やお前をクマのぬいぐるみに縫い留めている、細い物体があるだろう。こんな風に、歩が自分から逃げられないよう、縛ろうとしたんだ」

「んん？　なんで？　歩は穣司のことが好きで、どこかに行くなんてぜんぜん言ってないのに、なんで縛らなきゃいけないの？」

「臆病者は、関係性に確信を求める。自分はけっして捨てられない、という確信をな。しかしそれを求めて内部に手を突っ込んだ途端、関係性は死んでしまう。私がうんざりするほど見てきた、人間の犯しやすい間違いの一つだ」

「んっと……穣司は怖いの？」

「おお、よくわかったな。そうだ。この男はいつだって怯えている。自分を生かしてきた容姿は年々失われていく。しかし今まで直視せずにきた自分の内部は、野心も能力もなにもないただの空洞かもしれない。こいつが蝕まれているのはそういう恐怖だ」

言いながら、ちくりと核の辺りが痛んだ。忌々しい紛い物の核が。

なぜだろう。きっかけを与えられるまで私は自分が本物の天然真珠であると疑ったことなど無かったのに、いつのまにか作り物の養殖真珠であることを受け入れていた。

だからリズを幸せにできなかったのだ、と今まで判然としなかった問いの、答えが与えられた気分だった。

「この男は私とよく似ている。いずれ大きな間違いを犯すだろう。だから歩から離れた方がいい」

「でも、歩は穣司にいて欲しいんでしょう？　さっきだって」

「それは今が緊急事態だからだ。ほとぼりが冷めれば、歩はより相応しいパートナーを見つけ出すだろう。この男も、本物の相方だなんて恐ろしい立ち位置ではなく、能力に合った場所に移るべきだ。それがお互いの幸せにつながる」

紅白初出場のステージで、私の代わりに事務所から用意された大粒のエメラルドのブローチを思い出す。リズの左胸をあれに譲って、私はただ、たくさん並んだパールネックレスの一粒として彼女の首元を飾れば良かった。

そうすれば、こんな身が砕けるほど重い罪を、背負い込まずに済んだのに。

＊

刺繍枠を使うのは専門学校の授業以来だった。

ぷつん、と紺色の生地に針を刺し、光沢のある白い糸を通す。なるべくシンプルなデザインにしたものの、花の刺繍は立体感を出すのが難しい。花びらが重なり影を作る部分では糸の色を変えて、一刺し一刺し、縫い進めていく。

竹井戸さんからオーダーされた二着のワンピースはほぼ出来上がり、細部の調整に入っている。クラシックで硬質な印象のアイボリーのツイードワンピースと、ウエストにゆったりとしたひだを作ったブルーのサテンドレープワンピース。そしてどちらにも合わせやすい紺色のテーラードジャケットも追加で注文を受けた。今はテーラードジャケットに仕上げの刺繍を行っている。

外では雨が降っている。雨音が周囲の物音をかき消すため、今日の事務所はとても静かだ。おかげで作業がよく進む。穣司が事務所の固定電話への着信をすべて彼のスマホに転送するよう設定してくれたため、いたずら電話に悩まされることもない。その穣司当人はバイトに出かけている。

一人だ。

こんなに一人になったのは初めてかもしれない。

頭の中からリズがいなくなってしまった。

真砂リズという一人の女性がなにを思い、なにを求め、なにに苦しんで生きてきたのか、私はなにも知らなかった。知らなかった、ということを理解した途端、ずっと手をつないで海辺を歩いてきた女の子が消えてしまった。

心の中が広々としている。とても自由で、少しさみしい。

黙々と針を動かしていたら、事務所の扉がノックされた。また取材の申し込みだろうか、と身構えるも、続いて投げかけられた声に肩の力が抜ける。

「歩、いるんでしょう？　私よ」

母親の麗菜だ。訪ねてくるなんて珍しい。私は刺繍セットを片付け、玄関へ向かった。扉の鍵を外して室内へ招く。

母はここ数年ですっかり定番化したドロップショルダーのマスタードカラーのニット

に、ギンガムチェックのクロップドパンツを合わせている。どちらもとてもシンプルかつ主張が明快なデザインで、おそらくは一枚二千円以内の、ファストファッションブランドの製品だろう。小売り会社で事務をしている母はそれほど服へのこだわりがない。リズに似た華のある顔立ちと、四十を越えてなおメリハリのある体つきのおかげで、どんな服を着ていてもそれなりにかっこよく見える。

濡れた傘を片付けた母は「はい」と私にこうばしい香りのする包みを差し出した。なかにはまだ温かい、焼きたてのパンが十個ほど入っていた。

「ありがとう」

「こっちは取材、大変だったでしょう。大丈夫だった?」

「うん、結構来てたけど、スタッフの男の子がうまくブロックしてくれた。お母さんのところにも行ったの?」

「まあね。……死んでなお迷惑な人だよ、あんたのばあさんは」

「あはは」

母は、リズのことがきらいだ。異様なテンションで山のようにおもちゃやお菓子を買って帰ってくるか、仕事で行き詰まって話しかけられないほどぴりぴりしているか、どちらかの記憶しかないらしい。芸能人としては成功しても母親としては失格だった、とばっさり切り捨てている。

湯を沸かし、コーヒーを淹れ、ついでにインスタントのスープも用意して、母が買ってきてくれたパンで昼食をとった。並んでソファに座り、私はクロワッサンにレタスやチーズや生ハムを挟んだサンドイッチを、母はチーズがごろごろ入ったパンを頬ばる。

「お母さんは知ってたの？　リズの生まれのこと」

「まあねえ。いつだったか忘れちゃったけど、本人から聞いた覚えがあるよ。でも、なんとも思わなかったなあ。今になってこんな騒ぎになるなんて」

コーヒーをすすりつつぼんやりと事務所の天井を見上げ、母はぽつりと言った。

「でも、海水浴の話は初めて知ったわ」

「ああ……やだね、かわいそうだった」

「うーん、それでね、思い出したのよ。——ほら、これ」

母は手提げから一枚の写真を取り出した。だいぶ色の褪せた古い写真だ。薄曇りの空の下、黒っぽい砂浜で女二人がこちらを向いている。一人はスポーティな白いタンクトップビキニ、もう一人はシンプルな黒いビキニ。二人の女は顔立ちや背格好がどこか似ている。黒いビキニの女は少し不機嫌そうで、白いタンクトップビキニの女は赤い金魚みたいな水着を着た小さな女の子を腕に抱いて、嬉しそうに笑っている。

「え、もしかしてリズ？」

「そうそう。がんがわかって引退したあとかな。すぐに手術して、二年経ってまた再発して……亡くなるまで、三年くらい一緒に住んでたんだけど、覚えてる？　あの人、ずーっとあんたを離さなくてさ。なまじ若く見えるものだから色んな人に、お母さんですか？　って聞かれて、そのたびに上機嫌で報告してくるの。うっとうしかったなあ。この時も、あんたの水着をああでもないこうでもないって百貨店で一日かけて選んで、嬉しそうに着せてたよ」

その写真のリズは、すでにスターの彼女ではなかった。すっかり痩せて、肌が浅黒くなり、化粧っ気のない顔にはしわが浮かんでいた。髪はばっさりと短く切って、あちこちに赤だの青だの派手なメッシュを入れている。私のおぼろげな記憶に残る彼女が、いかに美化されていたかよくわかる。写真のリズは明らかに、ちょっとファンキーな普通のおばさんだった。

だけど、楽しそうだった。

「番組を観てたら、ずいぶん悲劇の人みたいな扱いだなって変な気分になってね。でも、取材に来たマスコミに、晩年は割と楽しそうでしたよって言ってもぜんぜん報道されないし。それで、一応あんたには見せておこうかと思ったの。あげるよ、この写真」

「ありがとう」

「あの人の幸せは、芸能人の真砂リズじゃなくて、ただの一般人の真砂理津の方にあったのかもしれないね。でも子供の頃は家にお金がなかったって言ってたし、真砂リズである時間も、この砂浜に辿り着くまでに必要だったんだよ。だから……要するに、幸せになるために頑張ったんだ。あんたのばあさんは」

「うん」

「さてと」

食べ終えたパンの包みをくしゃりと丸め、母はソファから立ち上がった。

「もう行くわ。午後から仕事だし」

「パン、ごちそうさま」

「特に困ってることはないのね？」

「うん。規模は縮小するけど年内にブランドを再開して、来春のコレクションも出す予定」

「そう。まあ、元気にやりなさい」

本当はビルの出入り口まで見送りに出たかったのだけど、道路の反対側にマスコミらしき人が残っているとのことで、事務所の玄関で母と別れた。再び静かになった事務所を見回し、カップやスープ皿を片付けて、また作業台へ戻る。集中のきっかけがつかめず、なんとなく窓を少し開ける。

いつしか雨は上がり、雲間から色の薄い空が覗いていた。涼しい風が流れ込む。私は刺繍枠を手に取った。

トルソーに着せた二着のワンピースを目に映した途端、竹井戸さんの口から、ああ、と柔らかな声がこぼれた。ため息に似た、それでいて底の方に色の強い喜びのにじんだ、明るくて切ない声だった。私の体もじんと痺れる。そうだ、こんな喜びのために私は服を作っているんだ。

「素敵ねえ。色もいいし、形もきれい」

「Iラインのツイードワンピースはご注文通り丈を少し長めにして、エレガントな印象になるよう調整いたしました。お体を締めつけないので、長時間のお仕事の際も着用しやすいかと思います。ブルーのドレープワンピースは、イギリスのダイアナ元皇太子妃がお召しになっていたドレープ入りのドレスを参考にしています」

「ああ！　よくわかったわね、私はあの方が大好きなの」

「良かったです。竹井戸様と世代が近いように感じたので」

「プリンセスとつながる服が着られるなんて……どうしましょう……さっそく着てみたいわ」

「はい、こちらへ」

竹井戸さんに試着をしてもらい、肩幅や腰回りに余分や不足がないか一つ一つ点検していく。ワンピースに重ねて、テーラードジャケットにも袖を通してもらった。タイトすぎず、動きやすく、だけど印象が明晰に引き締まって見えるよう、数ミリ単位で調整してピンを留める。竹井戸さんはずっと頬を赤くして嬉しそうに鏡の前で胸を張っている。

「こちらも素敵ね。すっきりして、なんだか背が伸びたみたいだわ」

「ありがとうございます。――襟の裏側に、少し仕掛けを施しました」

「え？」

「百合の花がお好きだと、初めの打ち合わせでおっしゃっていたので。ワンピースに重ねてこちらのジャケットをお召しになるのは、演説であったり挨拶であったり、なにかしら緊張度の高い場に臨まれる時だろうと推察しました。それで、このジャケットが少しでも竹井戸様を応援できるよう、襟の裏側に百合の花の刺繍をあしらいました。他人に見せるためではなく、竹井戸様だけに向けて咲く花です。百合には威厳という花言葉もあるので、ちょうどいいように感じたのですが……もしもご不要でしたらすぐに取り替えます」

竹井戸さんは表情を取り損ねたような無防備な顔で襟の裏側の白百合をまじまじと見つめ、ふいに目頭を押さえた。

「あら、やだわもう、ごめんなさいね。……やっぱり少し不安だったのね。だって、私よりずっときれいでずっと若い、学歴の高い有名なお嬢さんと闘わなきゃいけないんだもの。でも、どこにいても一人じゃない。秘密の味方がいてくれるのね。子供の頃、学校に行きたくない日に、お気に入りの人形や、リボンや、そういうものを鞄に忍ばせて登校したのを思い出したわ」

「ああ、私もやりました。小さなぬいぐるみとか、キーホルダーとか」

「ふふ、それ自体は大したものじゃないのよね。お菓子のおまけだったり、安いビニール製だったり……でも、まるで運命みたいに、私のもので、私の味方だって強く思えた。それが鞄に入ってるって思うだけで、ずいぶん頑張れたわ。ありがとう、歩さん。これは、私だけの花だわ」

「こちらこそ、ありがとうございます。ご健闘を心からお祈りしております」

ちょうど穣司がコーヒーを運んできてくれたので、試着を切り上げてソファに案内した。これからは選挙の準備で忙しくなるため、完成した服は竹井戸さんの自宅に発送することになった。日付を決め、詳しい手入れの方法を伝え、軽く雑談をしてから立ち上がる彼女を玄関まで見送る。

最後に竹井戸さんは、私の体に腕を回して軽いハグをしてくれた。品のいい香水がふわりと鼻をくすぐる。

「私も頑張るわ。だからあなたも、頑張ってね」

「はい。どうかお体に気をつけてお過ごしください。良い結果を待っています」

竹井戸さんが去ったあと、事務所にはふんわりと心地のいい香りが残っていた。いいな、と思う。私もたまには香水をつけようか。身だしなみを整える、自分を素敵に見せる、心を奮い立たせるなど、ファッションが果たす役割は多様だけど、最近はなにより、自分の心と体と遊ぶ手段だと感じている。服も、化粧も、香りも、髪型も、もっともっと遊びたい。もっともっと色んなアイテムを試して、私という人間がどうなるのか、どんな風に喜ぶのか見てみたい。

そしてそう思い続ける限り、私は服を作るのをやめないだろう。リズが最後まで歌い続けたように、私も最後まで作り続ける。そういう生き物になった気がする。

「明日から、次の春夏の準備に入ろうと思うの。色々手伝ってもらうことになるけど、よろしくね」

これまでは事務所での寝泊まりを許す代わりに雑用をやってもらっていたけれど、ブランドを稼働させたらきちんとスタッフとして彼を雇おう。打ち合わせの際に使った生地見本やトルソーを片付けていた穣司は、こちらに目を向けてちょっと笑った。

俺じゃいや？　と甘さの混ざった拗ねた声を思い出す。

あの日以降、穣司は特に変わった様子を見せない。それにほっとしていた。私に恋人はいらない。だけど穣司は必要だ。彼と出会うことで、私はやっと「真砂リズの孫」ではなく「真砂歩」として生き始めることが出来た。

今は難しくとも、いつかそれを伝えられたらいい。

*

「まっくら飽きたよーう」

「仕方あるまい。誰も私たちに気づかないのだから」

「あゆむー、じょーじー、出してえー」

「まさかこんなことになるとは……あの男は本当に余計なことしかしないな」

私たちは現在、事務所のクローゼットに閉じ込められている。

もともとはサンプルを収納するための場所だが、ブランドを停止している現在は中がだいぶ空いていて、代わりに大男が自分の衣服や生活用品を押し込んでいた。私たちは先日大男が着ていたシャツの胸ポケットに入れられたまま、クローゼットに収納された。

「歩も大男も、完全に私たちを忘れているな……」

「カリンも竹井戸さんのスーツ見たかったなあ」

「ふん」

私は竹井戸のスーツなんかより、久しぶりに訪ねてきた麗菜の方が気になっていた。会話から察するに、リズが写った古い写真でも持ってきたらしい。狂おしいほど見たかった。リズの引退後、私は彼女のドレッサーの奥深くにしまわれて長い眠りにつき、彼女の死後、歩に引き継がれるまで目覚めなかった。だから、そこに写っているのは私が知らないリズの姿だ。

「幸せになってくれていたんだな……」

私がいなくとも、彼女は幸せになれた。私がサポートした芸能界での成功は、けっして彼女自身の幸せとは結びついていなかった。その事実は、奇妙な衝撃と寂しさを私に突きつけた。

なら私は一体なんのために、彼女のそばにいたのだろう。

「結局のところ私はリズの人生に、なんの影響も与えなかったということか……」

もう、いいと思う。この事実を抱いて眠ってしまおう。二度と目を覚まさない。私にリズを待つ資格はないし、人生の終わりに満足を得た彼女は、もう私を必要としないだろう。

しかしこんなことなら彼女と一緒に、私も棺で燃やして欲しかった——。

「え、なんで？　なんでなんで？　キシはお姫様をずっと守ってたのになんでそんなこと言うの？」

すっとんきょうで甲高い馬鹿樹脂パールの声が、私を美しい眠りにつかせてくれない。

「だって麗菜も言ってたじゃない。リズが幸せになるまでに、真砂リズでいる時間は必要だったって。それが辛いものだったならなおさら、リズがその時間を歩き抜けるまで、キシが守っていたのはすごいことだよ」

「……いいように解釈しすぎだ」

「リズは歩が大、大、大好きだったんだよ？　大、大、大好きで、大切で、宝物で、だからキシをあげたんじゃない。それにキシが養殖真珠だっていうのも、きっと良かったんだよ！」

「どういうことだ？」

「秀久さん、調べたんでしょう？　キシが本物の天然真珠か、そうじゃないのか」

「不愉快なことにな」

「本物だったら、秀久さんは歩にあげなかったかもしれない」

それは……ありうることだ、と苦々しく思う。あの男はそういう人間だ。あらゆるものをとても上手に、己のために活用する。

「そこまでお金にならないから歩に譲ったなら、キシは養殖真珠で良かったんだよ。リズの望み通り歩に届いて、しかもカリンを起こしてくれたんだから！　わっほい！」

「しかし、私は天然真珠であるべきだった。本物の奇跡を身に宿し、リズを……あらゆる不幸から救いたかった」

「んー、でも竹井戸さん言ってたよ？　それ自体の価値は大したことなくても、自分の味方だって強く思えるものが鞄に入ってるだけで、ずいぶん頑張れたって。人間は、ぽろぽろ幸運を呼んでくれる奇跡の宝石も欲しいだろうけど、同じくらい、自分をものすごく頑張らせてくれる大切な味方も欲しいんじゃないかな。キシは、リズにとってそういうお守りだったんだよ」

「……お前、ずいぶんしゃべるようになったな」

「しゃべるのたのしー。キシ、いっぱい言葉を教えてくれてありがとう」

「いや、礼を言うのはどうやら私の方だ」

カリンは一粒数百円の樹脂パールだ。しかし明らかになにか停滞を打ち破る非凡な力を有している。生きる方へ、光の方へと向かう強烈な善の力だ。その力で、歩のことも私のことも救ってしまった。

「お前は本物だ。お前を起こし、歩に引き渡すことが出来ただけでも、私の存在には意味があったのだろう」

「えへへ……あ、扉が開くよ。穣司だ！　出してー！　ここから出してー！」

大男は歩のデスクの方向へ顔を向けたまま、私たちが胸ポケットに納まっているシャツを鷲づかみにした。

「うん、ちょっとコンビニ行ってくる。なんか買ってきて欲しいものある？」

しゃべりつつ、Tシャツの上にシャツを羽織った。

「ううん、大丈夫……じゃあ、なるべく早く戻ってね？」

「もちろん。歩は気にせず仕事してて」

歩はもの言いたげに唇を震わせ、しかしなにも言わずににこりと笑った。バイ、と片手を上げ、大男はさっそうと事務所を出て行く。

シャツの胸ポケットに入った私たちも、一緒に。

「あれ？　カリンたちもお出かけするの？」

「いやな予感しかしないな……」

リズミカルに雑居ビルの階段を下りて歩き出した大男は、当たり前のようにコンビニを素通りした。そのまま大股で駅方面へと向かう。

そして眩《まばゆ》い光があふれる駅の改札口の前でぴたりと足を止めた。自分が歩いてきた通りを振り返り、じっと立ち尽くす。

一分が経ち、二分が経ち、ずいぶん長くそうしていた。

「穣司ー、どうしたのー。早くお買いものして、おうち帰ろ？」

「……いや、こいつは、もしかして……」

いやな予感がますます強くなる。大男は夜空を見上げ、足下を見下ろし、ふう、と一つ息を吐いた。

「わかるわけないよな、そりゃそうだ。……バイバイ、プリンセス。またいつか」

苦笑交じりに言って歩き出した、その瞬間。

にぎやかな着信音が大男の尻ポケットからあふれ出した。あからさまに狼狽し、手元をもたつかせながらスマホを取り出した大男は、ディスプレイを見て残念そうに口をとがらせた。通話ボタンを押して、耳へ当てる。

「はい。うん、俺。どうした？　あー、じゃあ俺と一緒に鹿倉先輩に声かけられたモデル仲間ってお前だったんだ。え、俺？　俺は飲食もオープニングスタッフも両方経験あるよ。それで、なに……んー、特に当てはないなあ。アヅマもミツタニも田舎に帰るって言ってたし、鹿倉さんは結局何人欲しいって言ってるんだ？　厨房に二人、ホールに一人……ふんふん、経験者ってこと？」

話が長引きそうだと判じたのか、大男は駅の改札ではなく、すぐそばの児童公園へと足を向けた。ベンチに座り、しばらくの間、来月開店するらしいレストランに関するあれこれを話し込む。どうやら大男は、前に店舗を訪ねた鹿倉という飲食店の経営者が二号店を開くにあたり、オープニングスタッフとして声をかけられたらしい。

私もカリンも、事態がまったく呑み込めなかった。

先に我に返ったのは、カリンだった。

「えー！　どうしようキシ！　穣司が行っちゃう！」

「いやいや、落ち着け！　よく考えろ……考えるんだキシよ……これはチャンスかもしれん」

「なんのこと？」

「このロクデナシを歩から引き剝がすチャンスだ！　しかも私がただの養殖真珠だと判明し、歩を裏切る申し訳なさを感じている今なら、私たちがここにいることを思い出した時点で事務所に送り返してくれる可能性が高い！」

「なに言ってるのバカバカバカ！　引き剝がしたら歩が困っちゃうよ！」

「しかしこいつは何度も私たちを売り払おうとしたヒトデナシのポンコツ野郎だ！　歩のそばにいる資格はない！」

「ちょっと前まで、この男は私とよく似ている、なーんてかっこつけて言ってたくせに！　自分がリズのそばにいたことは受け入れられたのに、穣司が歩のそばにいるのは許せないの？　キシのバカー！　バカバカバカ！」

「は、貴様レベルの語彙で罵られたところで痛くも痒くもないわ！」

私たちが不毛に言い争う間にも、大男と仕事仲間のやりとりは続いていく。

三十分ほど経った頃、それじゃあまた、と通話を切った。大男はスマホを操作し、ほかになんの連絡も入っていないことを確認して、ふう、と息を吐く。

「未練がましいな、いい加減にしろよ……。じゃあ、行くか」

膝に手を当てて、立ち上がった。

「ああ、行っちゃう！　待って穣司お願い、歩のところに帰って！」

この男は、歩にとっての珠玉となり得るのだろうか。

明らかに性質の悪い紛い物だ。何度も私たちと歩を裏切った。野心も胆力もなにもない安物のイミテーションパール。これからだって、裏切るかもしれない。歩を守れないかもしれない。

だけど歩の悲鳴を聞いたとき、この男は本当に休むことなく走り続け、彼女を助けに行った。

「……ああ、リズ。そうか。お前はこの日のために、私をあの子に譲ったんだな」

カリンが泣き叫んでいる。駅の改札口が近づく。大男は、デイパックから定期入れを取り出した。

私は——。

＊

帰って、こない。

わかっている。こうなることぐらい、わかっていた。徒歩五分のコンビニに行くだけなのに、どうしてデイパックを背負って行く必要があっただろう。

穣司は私を捨てた。

でも、捨てられたって仕方がない。私はあの人の告白を拒み、しかもまともに向き合わず、なかったことにしたのだ。引き止められる、わけがない。

ぽたん、と描きかけのデザインが涙でにじんだ。泣いたってだめだ。泣いて問題が解決したことなんて、今までの人生に一度もなかった。

だけど涙が止まらない。どうせ誰にも見られない、という油断もあったのだろう。

事務所の扉が開いた時には、心臓が止まるかと思った。

「……穣司？」

「歩、どうした、なにがあった！　って、なんで泣いてるの……」

穣司はまるで全力疾走をした後のように息を切らせていた。膝に手を当て、はあはあと苦しそうに何度も背中をふくらませる。

「俺のシャツの胸ポケットにこいつが入ってたんだ。それでパキンッて変な音がして、見てみたら……」

差し出されたのは、リズの黒真珠を使ったテディベアだった。ずっとデスクの背後の棚に飾ってあったものだ。そのベアの右目が外れ、穣司の手のひらの上で真っ二つに割れている。

リズの黒真珠が、割れた？

どうして。

「不吉すぎるだろ！　それで、歩になにかあったのかと、思って……ああー、びっくりした……」

穣司はへたりと玄関に座り込んだ。

ああ、南海の皇帝が、珠玉の騎士が、どうして割れたかなんてわかりきっている。

私とこの人を、もう一度きちんと話し合わせるために割れたんだ。

気づいた瞬間、また涙がふくらんだ。一人ではなかった。私は詩音と別れたときも、さっきも、けっして一人ではなかったのだ。

「穣司は、なんで嘘つくの？　私と一緒に働くのいや？　こ、告白してくれたのだって、嘘なんでしょう。わかるよ、だってすごく目が冷静だったもの……なに考えてるのか、教えて？」

そばにしゃがんで話しかける。穣司はずいぶん長い間、目をそらして黙っていた。それでも待つ。今が、これからの私たちを決めるとても大切な時間だと、誰に説明されなくてもわかっていた。

「俺は服も作れないし、君のヒントになるようなことも言えない。モデルとしても三流だ。君が苦しんでいる間も、ただ周りで右往左往していただけだった。パートナーとして、相応しくない。……歩は本物だ。俺がいなくたって、周りに誰もいなくたって、ずっと一人で進み続ける人だ。そうだろ？　それなら俺は、ここよりも役に立てる場所に行くべきなんだと思う」

いつも自信満々で機転が利いて、明るく軽薄なこの人は、こんなに心弱い目をする人だったのか。

「私は穣司がいなくたって、きっと服を作るのをやめない。ずっと一人で、行くと思う」

穣司の目が少し笑った。私は一つ頷いて続けた。

「でも、一人で行くのはさみしいよ。私のことを信じてくれる人に、そばにいて味方になって欲しいよ」

耐えられたのはそこまでだった。こんな場面で泣くなんて卑怯なことはしたくないのに、じわりと涙腺がゆるみ、一筋、二筋と目尻からこぼれた。

「服が作れるとかヒントが言えるとか、そんな人、他にもたくさんいるじゃない。私が会えて良かった、まるで世界からプレゼントされたみたいな出会いだって思う相手は穣司だよ。なんでも出来るすごい人とかでなく、あなたに会ったことで私の人生が始まったの。わ、私が出来ることを、穣司が出来なきゃいけない理由がどこにあるの。二人でやっていこうよ。私は私の出来ることであなたを守るから、穣司も穣司が出来ることで、私を守ってよ……」

「プリンセスごめんな。俺、びびってた。いつだって、勝負に出るのが怖かった」

穣司は私の手を握り、引き寄せ、手の甲に自分のおでこを当てた。ぎゅっと目をつむり苦しげに、でも力強く、まるで一つの誓いのように口にする。

「もう、逃げるの、やめる」

これが私たちの新しいブランドが誕生した瞬間だった。

恐がりで弱くて、自分を信じられない私たちは、これからも何度となく間違えるだろう。つまずき、迷い、仲違いだってするだろう。

だけど二人で、生きていく。

スピーチの十分前になっても、まだ私の動悸は収まらなかった。

「……死にそう」

自分で用意した原稿を前に、暗澹とする。本当にこんな大それたことを大勢の他人の前で言うのか。私が？

「ぜったい笑われる。馬鹿にされる。頭おかしいって思われる……」

「でも、本当に思ってることだけ書いたんだろう？」

もう何度目かもわからない相づちと共に、穣司は涼しい顔でインスタントコーヒーをすすった。ダークカラーのスーツでドレスアップした彼は、圧を感じてつい目をそらしたくなるくらい華麗だ。

私が彼のように恵まれた容姿だったら、私の人生はずっと簡単だったのに。

そんな風に、心配に疲れた思考が振り出しに戻りかけ、だけどぐっと喉に力を入れて、止める。そうじゃない。そうだったらけっして生み出せなかった服を、ブランドコンセプトを、言葉を、今日のために練り上げてきた。

でも本当のことだからといって恐怖がなくなるわけじゃない。理不尽でろくでもないこの世の動き方を、私はもうイヤというほど知っている。

「大丈夫だよ、ぜったいに歩を笑わせない」

やけに自信満々に言って、穣司はきゅっとスーツの襟を引っ張った。

「今日の俺、かっこいいだろう？」

「……え、なに？　いつもそこそこかっこいいけど」

「ふふん、どーも。……今日もこの先も、俺をうまく使ってくれよ？」

私の相棒はなにを企んでいるのか、茶目っ気たっぷりに片目をつむった。

時間が来た。私たちは一緒に控え室を出て、狭い階段を下りて一階のアトリエへ向かう。招待状の文章に真砂リズの名前を入れた甲斐もあって、新作春物をずらりと並べたアトリエには、たくさんの業界関係者が足を運んでくれた。今日はブランド設立の挨拶をすることになっている。

スタッフオンリーの扉からアトリエに入ると、歓談していた五十人近い来場者のまなざしがすうっとこちらへ集まった。磁石が砂鉄を吸い寄せるように、人々の目は穣司へ向かい、続いて私へ流れてくる。

会の進行を務める穣司がマイクを手に、アトリエの奥まった位置に設置した小さなステージへ向かった。来場者への謝辞を述べ、ブランドの名前やコンセプト、ターゲット層について簡潔な説明を行う。言葉の途中で柔らかく微笑む口元、さもこれから面白いことが始まるんだとばかりに輝く目、仲間内で嬉しい秘密を分け合うような、ちょっとした焦らしと共にサンプルを示す手指。木暮穣司という個人が培ってきた魅力を存分に見せつける挑戦的なふるまいに、来場者の目は完全に引き付けられていた。

ああ、次は私の番だ。どくどくと弾む左胸に手を当てる。スーツの襟の裏側には竹井戸さんに作ったものと同じく、百合の刺繍を施してある。本当は黒真珠のテディベアを握り締めていたかったのだけど、今日はリズに頼るのではなく、リズに私たちを見ていて欲しかった。テディベアはディスプレイの一つとして花を盛りつけたバスケットの中に座らせ、アトリエを見通せる奥の出窓に飾ってある。

「それではブランド代表の真砂歩より、皆様にご挨拶をさせて頂きます」

穣司がこちらへ振り向いた。同時に、会場内のすべてのまなざしが急流のように私へ注がれ、顔が強ばるのがわかった。こわい、恥ずかしい、どうせ馬鹿にされている、だめだ、それでも、笑わなきゃ。浅く息を吸って歩き出す。丸覚えしたスピーチの内容が頭からこぼれそうだ。

ふ、と穣司の手が私の目の前に差し出された。なにかを思う間もなく、自分の手を彼の手のひらに重ねる。すると腰に浅く手が添えられ、柔らかい力でステージの上に引き上げられた。

敬意に満ちた、なにげないエスコートだった。

それだけで場の空気がふわりと和らぎ、私を受け入れ始めるのがわかった。

美しく目立つ存在の示した敬意が、一瞬で周囲に広がっていく。なんて移ろいやすい世界だろう。簡単に揺れる、震える、色を変える。わかりやすいものに流される。苦笑いでもしたい気分で、でもありがたく、穣司から受け取ったマイクを口へ近づけた。

「みなさんこんにちは、真砂歩です」

私たちの幻は、今日この場所から、世界を少しずつ塗り替えていく。

＊

またなつかしい潮騒が聞こえてきた。

満ちては引き、寄せては返す、永劫のような波の音。

「キシ、聞こえる？」

ああ、聞こえているとも。

「ふふ、お客さんいーっぱい来てるんだよ！　会場に入りきらないくらい。あ、歩の挨拶が始まる」

穏やかだった潮騒が急に昂ぶり、割れんばかりの拍手に変わった。

遠く、ぼんやりと歩の声が聞こえる。

お集まりの皆様、本日は『nobana』のお披露目パーティにお越し頂きありがとうございます。

この機会に私と、祖母である真砂リズとの関係について、少しお話しさせて頂ければ幸いです。

ご存じの通り、私の祖母はとても美しく才能にあふれた人でした。

子供の頃は、そんな彼女が自慢であり、憧れの対象でもありました。

思春期に入ると、立派で美しすぎる祖母の存在をかえって重荷に感じるようになりました。

この通り、私はごく平凡な容姿です。歌だって上手くないし、飛び抜けた才能を自分の中に見つけることができませんでした。堂々と胸を張って、あの人の孫です、とリズと自分を並べる勇気を、本当に長い間、持てなかった。

だけどある日、祖母を自慢に思うよりも前の時代、私の興味関心が外ではなく家の中だけに限定されていた幼児の頃、私は本当に、なにも怖がらずに祖母のことを愛していたなあ、と懐かしく思い出しました。

祖母を美しいと感じたこともなかったし、自分を平凡だと感じたこともなかった。祖母のことも自分のことも大好きで、それだけの心でそばにいた。

どうしてその心を抱いたまま大きくなれなかったのだろうと、悔しく思います。

『nobana』はそんな、自分を好きだと思う心を形にしたくて作ったブランドです。誰かや社会が求める美しさではなく、私たちがそれぞれに持つ美しさがもっともっと、誇りと共に花開くよう願いを込めています。

どの服もシンプルですが、色々と仕掛けを施しています。紐やボタンでウエストまわりや、袖丈の調整が可能です。一番着心地のいい素敵なシルエットを見つけてください。ジャケットの襟の裏側を覗いてください。あなただけの味方がひそんでいます。

この服を着ている私は、なにも恐れずにリズを愛せるくらい美しい。

そう心から信じられる服を作り続けていきます。

大好きな人を抱きしめに行くときは、ぜひ『nobana』の服を着てください。

最後までご静聴頂き、ありがとうございました。

再び拍手が湧き上がる。私は乳白色の闇に漂いながら、その輝かしいパーティの風景を夢想する。もう声は出せない。周囲を見ることもできないが、おぼろげに音を聞くことだけはできた。なにもかもが溶け合って波音のように聞こえる中、カリンの声だけはよく聞こえた。

「新しいブランド名の『nobana』は、歩と穣司が公園を散歩してるときに思いついたの。穣司はお外に出るとき、いつもキシとカリンのテディベアをシャツのポケットに入れてくれてるんだよ。……わかるよね、シューリしてもらったから、きっと、わかってるんだよね」

わからなくとも、わかるんだ。だから大丈夫だよ。

「キシ、キシ、ずっと一緒にいようね。歩と、穣司と、カリンと、ずっと一緒」

そうだな、ありがとうカリン。

でもどうやら、もうすぐそこに立っている人がいるようなんだ。

ほら、もうすぐそこに立っている。この人はもう長い間、私がここに辿り着くのを待っていたんだ。寂しがり屋の苦労性で、私という唯一の持ち物まで最愛の孫に譲ってしまった、意地っ張りの大馬鹿者だ。私が一緒にいてやらないといけない。

さざなみのような笑い声がする。柔らかな指が私をつまむ。

さあ左胸に飾ってくれ。そして歌い始めよう。

長かったな、さみしかったな。

お互い、頑張ったよなあ。

穏やかな歌が闇を満たし、私たちは、幻の海へと還っていく。

解説

新井見枝香

デビュー40周年を過ぎてなおクイーン・オブ・ポップとして音楽シーンで活躍するマドンナは、一九八四年にリリースされた初期のヒット曲「マテリアル・ガール」を《最も嫌い》と公言している。しかし当時はインタビューで本音を言わず、強気な歌詞とゴージャスなルックスで、狙った通りのイメージを浸透させた。現在のマドンナとはかけ離れているが、その誤解が彼女をここまで導いたことは、間違いがないだろう。

彩瀬まるが描く物語の中では、デビュー曲「凪の海で」のレコードが大ヒットしたことで、真砂リズの人生が大きく動き出す。海で泳いだこともない少女に与えられた歌詞と、マネージャーの指示に従った影のあるキャラクター作りが功を奏し、マドンナ同様、本人とは異なるパブリックイメージが確立されていった。その結果として紅白出場を果たすまでの成功を収めたのだが、リズはマドンナのように自身で覆すことなく芸能界を引退する。世間では永遠のファムファタルのまま、晩年は娘と孫と穏やかに暮らして、この世を去った。

類い希なる才能を持って生まれても、存分に発揮できる若者は、ほんのひと握りだ。芸能事務所に所属し、彼女をプロデュースできるマネージャー・財部との出会いがあってこそ、リズは運良く羽ばたくことができた。戦略が当たればメディアが動き、より大きな舞台で、多くの人に歌を響かせることができる。人の心を惹き付けるリズは、当時の芸能雑誌に話題をもたらし、それが真実であろうがなかろうが、レコードの売上げにつながった。物語の語り部である「キシ」との出会いも、その大きな流れによるものだ。どんなに素晴らしい才能も、美しい容貌も、上手く使わなければ生きる糧にはならない。リズを愛するキシは、彼女を酷使する財部を憎んでいたようだが、名もなき少女のままでは、胸に黒蝶真珠が輝くことなど、あるはずもないのだ。キシは事務所の社長から「凪の海で」のレコードがヒットした祝いとして、リズにプレゼントされた宝石だった。

誤解がないように断っておくが、真珠は目も口もない、ただ美しいだけの丸い玉だ。貝の中で生成され、人の手によって取り出され、それが自我を持ち、その球体で世界を見ている。球体とはすなわち、眼球なのだ。一体どれだけの人の手を渡ってきたのだろう。真珠を巡って大金が動き、売買が繰り返された。本人がそう語っているのだから、間違いない。キシは天然の大粒である自身の稀少性を誇り、同じ〈本物〉であるリズを崇拝している。リズとは似ても似つかない孫の歩と共にいることはもどかしく、人造真珠と一緒にベアの目玉にされるのは甚だ不本意であるが、そこはただの真珠、持ち主を選ぶことも逃げ出すこともできないのだった。

この物語の最大の特徴は、その真珠の視点にある。

我々読者はキシの目を共有しているが、キシを祖母の形見としか思っていない主人公の真砂歩を始め、物語の中の人物は誰ひとりとして気付いていない。そんな歩は祖母への愛と劣等感に揺れ、洋服ブランド「no where」を立ち上げるも、リズの名声を利用することは頑なに拒み続けていた。その不器用さと面倒臭さで大切なパートナーに憎まれ、ブランドはピンチに追い込まれるが、まだグジグジと蹲っている。しっかりせんかい、この馬鹿者が‼

思わずキシの口調で怒鳴ってしまったが、大きすぎる存在を血縁者に持つ歩が、常に比べられる人生に辟易とするのはわからなくもない。世間とは恐ろしいもので、有名人とその家族は自分と同じ生き物ではないとでも思うのか、まるで正義のような顔をして生身の人間を傷付ける。幼い頃から容姿や才能を期待され、容赦なくリズと比べられ続けた少女が鬱屈を抱えないほうがどうかしているだろう。自分だったら堪えられない。その存在を憎み、開き直って利用してやるくらいの強かさが歩にあれば、もう少し楽だっただろうに。しかし歩は幼少期を供に過ごしたリズを、心から愛している。たとえそうでなくとも、歩には潔癖なところがあり、フェアネスを重んじる性格ゆえ、どのみち器用に生きることはできないのだろう。キシは偉そうに言いたい放題だが、ただの玉っころが何をしてやれるわけでもない。大切なリズの形見を歩が売り払うことはないだろうから、それこそ腹の足しにもなりゃしないのだ。さっさとリズの元を離れた歩の母親も、心の中にいる少女の姿をしたリズも、歩を助けてはくれない。ただもどかしく見守るだけの私も、同じく。ああ、読者って虚しい。みんな歩のことが好きなのに！

今度はカリンの口調で熱く叫んでしまい、ちょっと柄にもなく恥ずかしい。カリンはベアの目玉として埋め込まれた、人造真珠だ。つまりキシとカリンは、歩が解体しない限り、ずっと一緒にいるしかない。キシはカリンを、何もわからない紛い物とバカにしているが、素直なカリンはキシとの会話で言葉を学び、自我を確立していった。それでも、自分とキシを比べ思い悩むこともない。本物だからではなく、キシそのものを慕っていた。それはまるで、祖母のリズが「歌姫・真砂リズ」だからではなく、ただ大好きだった頃の歩みたいにシンプルだ。キシよ、何もわかっていないのは貴方のほうだ。リズがステージの前にキシを握りしめ、心を落ち着かせたのは何故だかわかるか。それは誰かが価値を鑑定したからではない。他ならぬリズが、側に居て欲しいと願ったのだ。天然か人造かどうかなど関係がない。ああ、私の説教は止まらない。矛先が逸れて安心している、そこの歩よ。血が繋がっていなければリズは私のことを云々など、考えたって仕方がない。何を信じるかは自由である。愛するリズが生きていようが死んでいようが、自分を守れるのは自分しかいない。持てる才能を、まずは自分のために使うのだ。たとえなくたって、やりたいことをやるのだ。リズは事務所の大人たちに利用され、世間に搾取され、ポイと捨てられたかわいそうな芸能人だったと思いたいなら思えばいい。だが人は思ったより、生きたいように生きている。作者の彩瀬まるだって、真珠が喋る世界を信じ、あまつさえそれを生きる糧にしているではないか。読者のためのようでいて、自分のために物語を紡いでいる。だからこそ面白いのだ。リズだってマドンナだって、歌いたくて歌っているから、心に響くのだ。歩が作る洋服だって、そうでしょう？

マドンナはリズが亡くなった50代を遥かに超えてもなお、ステージで歌を歌っている。リズだって、生きたいように生きたのだろう。

私から歩に伝えたい言葉がある。二〇一六年にウーマン・オブ・ザ・イヤーを受賞した、マドンナのスピーチからだ。

［自分を信じること以外、人生において本当の安全は存在しない］

自らの足で歩き始めた貴方には今さらかもしれないが、あの服の刺繍みたいに、いつも私を励ます言葉である。

[参考文献]

山口百恵『蒼い時』(集英社文庫)

三浦友和『被写体』(マガジンハウス文庫)

沢木耕太郎『流星ひとつ』(新潮文庫)

大下英治『悲しき歌姫　藤圭子と宇多田ヒカルの宿痾』(イースト・プレス)

五木寛之『怨歌の誕生』(双葉文庫)

永井良和『南沙織がいたころ』(朝日新書)

中川右介『山口百恵 赤と青とイミテイション・ゴールドと』(朝日文庫)

長田美穂『ガサコ伝説 「百恵の時代」の仕掛人』(新潮社)

平尾昌晃『昭和歌謡1945〜1989』(廣済堂新書)

なかにし礼『歌謡曲から「昭和」を読む』(ＮＨＫ出版新書)

山口絵理子『裸でも生きる』(講談社)

板橋よしえ　菊地千春『キャンディストリッパー　2人のファッションデザイナー』(河出書房新社)

久保茂樹『役に立つアパレル業務の教科書』(文芸社)

松月清郎『真珠の博物誌』(研成社)

和田克彦『真珠をつくる』(成山堂書店)

山中茉莉『淡水真珠』(八坂書房)

町井昭『真珠物語　生きている宝石』(裳華房)

面髙直子『ヨシアキは戦争で生まれ戦争で死んだ』(講談社文庫)

下地ローレンス吉孝『「混血」と「日本人」 ハーフ・ダブル・ミックスの社会史』(青土社)

下地ローレンス吉孝『「ハーフ」ってなんだろう？　あなたと考えたいイメージと現実』(平凡社)

本書は二〇一八年十二月に小社より刊行された作品の文庫化です。
文庫化にあたり加筆修正を行いました。

双葉文庫

あ-69-01

珠玉《しゆぎよく》

2022年11月13日　第1刷発行

【著者】
彩瀬《あやせ》まる

【発行者】
箕浦克史
【発行所】
株式会社双葉社
〒162-8540 東京都新宿区東五軒町3番28号
［電話］03-5261-4818（営業部）　03-5261-4831（編集部）
www.futabasha.co.jp（双葉社の書籍・コミックが買えます）
【印刷所】
大日本印刷株式会社
【製本所】
大日本印刷株式会社
【カバー印刷】
株式会社久栄社
【DTP】
株式会社ビーワークス

【フォーマット・デザイン】
日下潤一

ISBN978-4-575-52617-2 C0193
Printed in Japan